Der schwarze Koloss

AF176532

Der US-amerikanische Autor Robert Ervin Howard schrieb Fantasy-, Abenteuer- und Horrorgeschichten sowie mehrerer Westernromane. Bekannt geworden durch seine Figur Conan der legendäre Barbar gilt er als Vater des Subgenres Schwert und Magie und als prominenter Vertreter der Low Fantasy. 1973 erhielt er postum den British Fantasy Award für Marches of Valhalla als Spezialpreis.

"Der schwarze Koloss" ist eine der originalen Geschichten mit dem fiktiven Schwert- und Zaubereihelden Conan dem Legendären, geschrieben vom amerikanischen Autor Robert E. Howard und erstmals im Juni 1933 in der Zeitschrift Weird Tales veröffentlicht.

Die Geschichte spielt im pseudohistorischen Hyborianischen Zeitalter. Das winzige Königreich Khoraja - mit einer gemischten hyborianischen / schemitischen Bevölkerung, Kultur und Religion - steht dem Zauberer Natohk, "dem Verschleierten" im Weg. Khoraja wird von der schönen Yasmela, der Schwester des Königs, regiert. Aus Angst vor Natohks möglicher Invasion bittet Yasmela den längst vergessenen Gott ihrer Vorfahren, Mitra, um Rat. Schließlich wird Yasmela aufgefordert, auf die Straße zu gehen und dem ersten Mann, den sie trifft, die Verteidigung ihres Königreichs anzubieten.

Glücklicherweise ist der erste Mann, dem sie begegnet, Conan der legendäre Cimmerier. Conan führt daraufhin die demoralisierte Armee von Khoraja gegen den bösen Zauberer an.

Conan
der Legendäre

Der Schwarze Koloss

Von Robert E. Howard

Aus dem Englischen übertragen und
herausgegeben von
Klaus-Dieter Sedlacek

ToppBook Fantastische Welt Bd. 8

Bibliografische Information der Deutschen Nationalbibliothek:
Die Deutsche Nationalbibliothek verzeichnet diese Publikation in der
Deutschen Nationalbibliografie; detaillierte bibliografische Daten
sind im Internet über dnb.dnb.de abrufbar

Übersetzung, Coverdesign, Satz in moderner Antiqua-Schrift:
Klaus-Dieter Sedlacek
https://toppbook.de

© 2020 Klaus-Dieter Sedlacek
Herstellung und Verlag: BoD – Books on Demand, Norderstedt
ISBN: 978-3-7519-0819-1

Inhaltsverzeichnis

Kapitel 1

Nur das uralte Schweigen lastete über den geheimnisvollen Ruinen von Kuthchemes, aber es war eine Angst da; sie waberte in den Gedanken des Diebes Schewatas, der seinen Atem schnell und scharf gegen seine zusammengebissenen Zähne stieß.

Er stand, dieses eine Atom des Lebens, inmitten der kolossalen Monumente der Verwüstung und des Verfalls. Nicht einmal ein Geier hing wie ein schwarzer Punkt am riesigen blauen Himmelsgewölbe, das die Sonne mit ihrer Hitze glasklar erhellte. Auf jeder Seite erhoben sich die düsteren Relikte eines anderen, vergessenen Zeitalters: riesige zerbrochene Säulen, die ihre zackigen Spitzen in den Himmel streckten; lange schwankende Linien bröckelnder Mauern; umgestürzte zyklopische Steinblöcke; zerbrochene Bilder, deren schreckliche Züge durch die korrodierenden Winde und Staubstürme halb ausgelöscht worden waren. Von Horizont zu Horizont kein Lebenszeichen: nur der schiere atemberaubende Verlauf der nackten Wüste, durchschnitten von der wandernden Linie eines langen, trockenen Flusslaufs; inmitten dieser Weite die flimmernden Eckzähne der Ruinen, die Säulen, die sich wie zerbrochene Masten versunkener Schiffe aufrichteten - alles beherrscht von der hoch aufragenden Elfenbeinkuppel, vor der Schewata zitternd stand.

Das Fundament dieser Kuppel war ein gigantischer Marmorsockel, der sich von einem einst terrassenförmig angelegten Platz an den Ufern des alten Flusses erhob. Breite Stufen führten zu einer großen Bronzetür in der Kuppel, die wie die Hälfte eines Titanen-Eies auf ihrem Sockel ruhte. Die Kuppel selbst war aus reinem Elfenbein, das glänzte, als ob unbekannte Hände es poliert hätten. Ebenso strahlten die goldene Kappe der Spitze und die Inschrift, die sich in goldenen, meterlangen Hieroglyphen um die Wölbung der Kuppel erstreckte. Kein Mensch auf der Erde konnte diese Schriftzeichen lesen, aber Schewata schauderte bei den düsteren Vermutungen, die sie auslösten. Denn er stammte von einer sehr alten Kultur ab, deren Mythen auf Formen zurückgingen, von denen die heutigen Volksstämme nicht zu träumen wagten.

Schewata war drahtig und geschmeidig, wie auch ein Meisterdieb von Zamora. Sein kleiner runder Kopf war rasiert, sein einziges Kleidungsstück war ein Lendentuch aus scharlachroter Seide. Wie seine ganze Volksgruppe war er sehr dunkel, sein schmales, geierhaftes Gesicht wurde durch seine scharfen schwarzen Augen hervorgehoben. Seine langen, schlanken und spitz zulaufenden Finger waren schnell und nervös wie die Flügel einer Motte. An einem vergoldeten Gürtel hing ein kurzes, schmales, juwelenbesetztes Schwert in einer Scheide aus verziertem Leder. Schewata ging mit seiner Waffe mit augenscheinlich übertriebener Sorgfalt um. Er schien sogar vor dem Kontakt der Scheide mit seinem nackten Oberschenkel zurückzuweichen. Seine Vorsicht war auch nicht ohne Grund.

Es handelte sich um Schewata, einem Dieb unter Dieben, dessen Name in den Spelunken von Maul und in den düsteren, schattigen Nischen unterhalb der Tempel von Bel mit Ehrfurcht ausgesprochen wurde und der tausend Jahre lang in Liedern und Mythen weiterlebte. Doch die Angst fraß im Herzen von Schewata, als er vor der Elfenbeinkuppel von Kuthchemes stand. Jeder Dummkopf konnte sehen, dass das Bauwerk etwas Unnatürliches hatte; die Winde und Sonnen von dreitausend Jahren hatten es gepeitscht, aber sein Gold und Elfenbein erhob sich hell und glitzernd, wie am Tag, als es von namenlosen Händen am Ufer des namenlosen Flusses errichtet wurde.

Diese Unnatürlichkeit entsprach der allgemeinen Aura dieser vom Teufel heimgesuchten Ruinen. Das war die geheimnisvolle Wüste, die südöstlich der Länder von Shem lag. Ein mehrtägiger Ritt auf einem Kamel zurück nach Südwesten, wie Schewata wusste, würde den Reisenden in Sichtweite des großen Flusses Styx bringen, der an der Stelle, an der er sich rechtwinklig zu seinem früheren Lauf drehte, nach Westen floss, um sich endlich in das ferne Meer zu entleeren. An der Stelle seiner Biegung begann das Land der Stygier, der dunkelbrüstigen Herrin des Südens, deren vom großen Fluss bewässerte Domäne aus der umgebenden Wüste herausragte.

Im Osten, so wusste Schewata, erstreckte sich die Wüste im Schatten der Steppen bis zum Hyrkanischen Königreich Turan, das sich an den Ufern des großen Binnenmeers in barbarischer Pracht erhob. Eine Woche Ritt nordwärts zog sich die Wüste bis zu einem Gewirr aus kargen Hügeln, hinter denen das fruchtbare Hochland von Koth lag, das südlichste Reich der hyborianischen Völker. Im Westen ging die Wüste in das Weideland von Shem über, das sich bis zum Meer erstreckte.

All dies kannten die Shevatas, ohne sich des Wissens besonders bewusst zu sein, denn ein Mensch kennt die Straßen seiner Stadt. Er war ein weit reisender Mann und hatte die Schätze vieler Königreiche gestohlen. Doch nun zögerte und schauderte er vor dem größten Abenteuer und dem mächtigsten Schatz von allen.

In dieser elfenbeinernen Kuppel lagen die Gebeine von Thugra Khotan, dem dunklen Zauberer, der vor dreitausend Jahren in Kuthchemes regiert hatte, als sich die Königreiche der Stygia weit nördlich des großen Flusses, über die Wiesen von Shem, bis in die Hochländer erstreckten. Dann fegte die große Wanderung der Hyborianer von der Wiege ihres Volkes nahe dem Nordpol nach Süden. Es war eine titanische Wanderung, die sich über Jahrhunderte und Jahrhunderte erstreckte. Aber unter der Herrschaft von Thugra Khotan, dem letzten Magier von Kuthchemes, waren grauäugige, gelbhaarige Barbaren in Wolfsfellen und Schuppenpanzer vom Norden in das reiche Hochland geritten, um mit ihren eisernen Schwertern das Königreich Koth zu erobern. Sie waren wie eine Flutwelle über Kuthchemes gestürmt und hatten die Marmortürme in Blut getränkt, und das nordstygische Königreich war in Feuer und Ruinen untergegangen.

Aber während sie die Straßen seiner Stadt zerschmetterten und seine Bogenschützen wie reifen Mais zerschnitten, hatte Thugra Khotan ein seltsames, schreckliches Gift geschluckt, und seine vermummten Priester hatten ihn in das Grab gesperrt, das er selbst vorbereitet hatte. Seine Anhänger starben um dieses Grab herum in einem purpurroten Massenmord, aber die Barbaren konnten weder die Tür sprengen noch das Bauwerk jemals durch Hämmern oder Feuer beschädigen. So ritten sie davon und ließen die große Stadt in Trümmern zurück, und in seinem Elfenbeinkuppelgrab schlief der große Thugra Khotan unbehelligt, während die Eidechsen der Wüste an den bröckelnden Säulen nagten und der Fluss, der sein Land in alten Zeiten bewässerte, im Sand versank und austrocknete.

So mancher Dieb versuchte, den Schatz zu erbeuten, der laut Fabeln um die zerfallenden Knochen im Inneren der Kuppel herumgelegen sein soll. Und so mancher Dieb starb an der Tür des Grabes, und so mancher andere wurde von monströsen Träumen bedrängt, um endlich mit dem Schaum des Wahnsinns auf den Lippen zu sterben.

So schauderte Schewata, als er dem Grab gegenüberstand, und auch die Legende von der Schlange, die angeblich die Knochen des Zauberers bewachen sollte, ließ seinen Schauder nicht abklingen. Über allen Mythen von Thugra Khotan hingen Schrecken und Tod wie ein Leichentuch. Von dort, wo der Dieb stand, konnte er die Ruinen der großen Halle sehen, in der die gefangenen Gefangenen zu Hunderten während der Feste nieder-

11

knieten, um sich zu Ehren von Set, dem Schlangengott der Stygia, vom Priesterkönig den Kopf abhacken zu lassen. Irgendwo in der Nähe war die dunkle und schreckliche Grube gewesen, in der schreiende Opfer einer namenlosen amorphen Monstrosität zugeführt wurden, die aus einer tieferen, höllischeren Höhle auftauchte. Die Legende besagt, dass Thugra Khotan mehr als nur ein Mensch war; seine Verehrung bestand jedoch in einem vermischten, entwürdigenden Kult, dessen Verehrer sein Abbild auf Münzen prägten, um den Weg ihrer Toten über den großen Fluss der Dunkelheit zu bezahlen, dessen dunkler Schatten der Styx war. Schewata hatte dieses Bildnis auf Münzen gesehen, die er den Toten unter der Zunge gestohlen hatte, und sein Bildnis war unauslöschlich in sein Gehirn eingebrannt.

Aber er legte seine Ängste beiseite und schraubte an der Bronzetür, deren glatte Oberfläche keinen Riegel oder Haken aufwies. Nicht umsonst hatte er sich Zugang zu dunklen Kulten verschafft, dem grausigen Flüstern der Anhänger von Skelos unter mitternächtlichen Bäumen gehorcht und die verbotenen eisenbeschlagenen Bücher von Vathelos dem Blinden gelesen.

Vor dem Portal kniend suchte er mit flinken Fingern die Schwelle ab; deren feine Spitzen fanden Überstände, die zu klein waren, als dass das Auge sie wahrnehmen oder weniger geschickte Finger hätten entdecken können. Diese drückte er vorsichtig und nach einem eigentümlichen System und murmelte dabei eine längst vergessene Beschwörungsformel. Als er auf den letzten Vorsprung drückte, sprang er in hektischer Eile auf und schlug mit der offenen Hand mit einem schnellen, scharfen Schlag genau in die Mitte der Tür.

Es gab keine Feder- oder Scharniere, aber die Tür zog sich nach innen zurück, und der Atem zischte explosionsartig aus Shevatas' zusammengebissenen Zähnen. Ein kurzer, enger Korridor wurde freigelegt. Durch diesen war die Tür nach innen gerutscht und befand sich nun am anderen Ende des Korridors. Der Boden, die Decke und die Seiten der tunnelartigen Öffnung waren aus Elfenbein, und aus einer Öffnung auf der einen Seite kam nun ein leises, sich schlängelndes Ungeheuer, das sich aufbäumte und den Eindringling mit schrecklich leuchtenden Augen anstarrte; eine zwanzig Fuß lange Schlange mit schimmernden, schillernden Schuppen.

Der Dieb verschwendete keine Zeit mit der Vermutung, welche nachtschwarzen Gruben unter der Kuppel dem Monster Nahrung gegeben hatten. Behutsam zog er sein Schwert, und von ihm tropfte eine grünliche Flüssig-

keit, genau wie die, die von den Krummsäbel-
zähnen des Reptils sabberte. Die Klinge war
mit dem Gift der eigenen Art der Schlange getränkt, und die Gewinnung dieses Gifts aus
den von Unholden heimgesuchten Sümpfen
von Zingara hätte an sich schon eine Legende
ergeben.

Schewata bewegte sich vorsichtig auf seinen Fußballen, die Knie leicht gebeugt und
bereit, wie ein Lichtblitz in beide Richtungen
zu springen. Und er brauchte seine ganze ko-
ordinierte Geschwindigkeit, als die Schlange
ihren Hals wölbte und zuschlug, wobei sie in
voller Länge wie ein Blitzschlag herausschoss.
Trotz seiner Nerven- und Augenschnelligkeit
tötete Shevatas die Schlange nur zufällig. Seine gut angelegten Pläne, zur Seite zu springen
und auf den ausgestreckten Hals zu schlagen,
wurden durch die atemberaubende Angriffs-
geschwindigkeit des Reptils zunichtegemacht.
Der Dieb hatte nur noch Zeit, das Schwert vor
sich auszustrecken, unwillkürlich die Augen
zu schließen und zu schreien. Dann wurde
ihm das Schwert aus der Hand gerissen, und
der Korridor war von furchtbaren Schlägen
und Peitschenhieben erfüllt.

Als er die Augen öffnete und erstaunt fest-
stellte, dass er noch am Leben war, sah Schewata das Monster, wie es sich wand und seine
schleimige Form in fantastischen Verrenkun-

gen verdrehte, wobei das Schwert seinen riesigen Kiefer durchdrang. Der reine Zufall hatte das Monster mit voller Wucht gegen die Stelle geschleudert, an der er blind die Hand ausgestreckt hatte. Wenige Augenblicke später versank die Schlange in glänzende, kaum noch zitternde Windungen, als das Gift auf der Klinge ins Ziel gelangte.

Der Dieb trat vorsichtig darüber hinweg und stieß gegen die Tür, die diesmal zur Seite rutschte und das Innere der Kuppel enthüllte. Schewata schrie; statt völliger Dunkelheit war er in ein purpurrotes Licht getaucht, das fast über die Belastbarkeit sterblicher Augen hinaus pulsierte und brannte. Es kam von einem gigantischen roten Juwel hoch oben im Gewölbe der Kuppel. Schewata gaffte, obwohl er an den Anblick von Reichtümern gewöhnt war. Der Schatz war dort, angehäuft in erstaunlich vielen Ansammlungen von Diamanten, Saphiren, Rubinen, Türkisen, Opalen, Smaragden, Zikkuraten aus Jade, Jet und Lapislazuli, Pyramiden aus keilförmigen Goldstücken, Teocallis aus Silberbarren, juwelenbesetzte Schwerter in goldenen Scheiden; goldene Helme mit farbigen Rosshaarkämmen oder schwarzen und scharlachroten Federn; silberne Schuppenpanzer; mit Edelsteinen verzierte Harnische, die von Kriegerkönigen dreitausend Jahre lang in ihren Gräbern getragen wurden; aus einzelnen Kristallen geschnitzte Pokale; mit Gold überzogene Schädel mit Mondsteinen als Augen; mit Juwelen besetzte Halsketten aus menschlichen Zähnen. Der Elfenbeinboden war zentimeterdick mit Goldstaub bedeckt, der unter dem karminroten Schein mit einer Million funkelnder Lichter glitzerte und schimmerte. Der Dieb stand in einem Wunderland voller Magie und Pracht und trat mit seinen Sandalenfüßen auf Sterne.

Aber seine Augen waren auf die kristallene Gänseblüte gerichtet, die sich inmitten der schimmernden Anordnung direkt unter dem roten Juwel erhob und auf der die zerfallenden Knochen liegen sollten, die sich im Laufe der Jahrhunderte zu Staub verwandelten. Und als Schewata hinsah, floss Blut aus seinen dunklen Zügen, sein Knochenmark wurde zu Eis, und die Haut seines Rückens krabbelte und kräuselte sich vor Entsetzen, während seine Lippen geräuschlos arbeiteten. Doch plötzlich fand er seine Stimme in einem schrecklichen Schrei wieder, der grässlich unter der gewölbten Kuppel ertönte. Dann wieder herrschte die Stille der Jahrhunderte in den Ruinen der geheimnisvollen Kuthchemes.

Kapitel 2

Die Gerüchte drangen durch die Weiden in die Städte der Hyborianer ein. Das Wort lief entlang der Karawanen, den langen Kamelzügen, die durch den Sand zogen, getrieben von mageren, kämpferischen Männern in weißen Kaftanen. Es wurde von den hakennasigen Hirten der Grasländer weitergegeben, von den Bewohnern in Zelten bis zu den Bewohnern in den gedrungenen Steinstädten, wo Könige mit gelockten blauschwarzen Bärten rundbäuchige Götter mit kuriosen Riten verehrten. Die Nachricht verbreitete sich am Rande der Hügel, wo magere Stammesangehörige den Karawanen ihren Tribut entrichteten. Die Gerüchte kamen in das fruchtbare Hochland, wo sich stattliche Städte über blaue Seen und Flüsse erhoben: Die Gerüchte marschierten entlang der breiten weißen Straßen, die von Ochsenwachen, von niederen Herden, von reichen Händlern, eisernen Rittern, Bogenschützen und Priestern bevölkert waren.

Es waren Gerüchte aus der Wüste, die östlich von Stygia, weit südlich der Hügel von Kothian, liegt. Ein neuer Prophet war unter den Nomaden aufgestiegen. Die Menschen sprachen von einem Stammeskrieg, von einer

17

Ansammlung von Geiern im Südosten und von einem schrecklichen Führer, der seine schnell wachsenden Horden zum Sieg führte. Die Stygier, die für die nördlichen Nationen stets eine Bedrohung darstellten, hatten offenbar nichts mit dieser Bewegung zu tun; denn sie sammelten Armeen an ihren östlichen Grenzen, und ihre Priester machten Magie, um gegen den Wüstenzauberer zu kämpfen, den die Menschen Natohk, den Verschleierten, nannten; denn sein Gesicht war immer maskiert.

Aber die Flut fegte nach Nordwesten, und die blaubärtigen Könige starben vor den Altären ihrer dickbäuchigen Götter, und ihre von hohen Mauern umgebenen Städte waren in Blut getränkt. Die Männer sagten, dass die Hochländer der Hyborianer das Ziel von Natohk und seinen singenden Gefolgsleuten waren.

Raubzüge aus der Wüste waren nicht ungewöhnlich, aber diese jüngste Bewegung schien mehr als einen Überfall zu bedeuten. Gerüchten zufolge sollte Natohk dreißig Nomadenstämme und fünfzehn Städte in seine Gefolgschaft eingebunden haben, und ein rebellischer stygischer Fürst hatte sich ihm angeschlossen. Letzterer verlieh der Sache einen Aspekt des echten Krieges.

Bezeichnenderweise neigten die meisten hyborischen Nationen dazu, die wachsende Bedrohung zu ignorieren. Aber in Khoraja, das durch die Schwerter der gotischen Abenteurer aus dem Land der Schemiten herausgetrennt worden war, wurde darauf geachtet. Südöstlich von Koth gelegen, würde es die Hauptlast der Invasion tragen. Und ihr junger König war in die Gefangenschaft des verräterischen Königs von Ophir geraten, der zögerte, ihn entweder gegen ein riesiges Lösegeld freizugeben oder ihn seinem Feind, dem armen König von Koth, zu übergeben, der kein Gold, aber einen vorteilhaften Vertrag anbot. Währenddessen lag die Herrschaft über das kämpferische Königreich in den weißen Händen der jungen Prinzessin Yasmela, der Schwester des Königs.

Minnesänger besangen ihre Schönheit in der ganzen westlichen Welt, und der Stolz einer königlichen Dynastie gehörte ihr. Doch in dieser Nacht wurde ihr Stolz wie ein Mantel von ihr abgeworfen. In ihrem Gemach, dessen Decke eine Lapislazuli-Kuppel war, dessen Marmorfußboden mit seltenen Pelzen übersät war und dessen Wände mit goldenen Friesarbeiten üppig verziert waren, schlummerten zehn Mädchen, Töchter von Adeligen, deren schlanke Gliedmaßen mit edelsteinbesetzten Arm- und Fußkettchen beschwert waren, auf

Samtliegen rund um das königliche Bett mit seinem goldenen Podest und dem seidenen Baldachin. Aber Prinzessin Yasmela lümmelte nicht auf diesem seidenen Bett. Sie lag nackt auf ihrem schmiegsamen Bauch auf dem blanken Marmor, wie die gedemütigteste Bittstellerin, ihr dunkles Haar floss über ihre weißen Schultern, ihre schlanken Finger waren ineinander verschlungen. Sie wand und krümmte sich vor Entsetzen, sodass das Blut in ihren Gliedmaßen gefror und ihre schönen Augen geweitet wurden, während die Wurzeln ihres dunklen Haares aufgeworfen wurden und sich Gänsehaut an ihrem geschmeidigen Rückgrat entlang bildete.

Über ihr, in der dunkelsten Ecke der Marmorkammer, lauerte ein riesiger formloser Schatten. Es war kein lebendes Wesen aus Körper oder Fleisch und Blut. Es war ein Klumpen in der Dunkelheit, ein verschwommener Anblick, ein monströser, nachts entstandener Alptraum, den man für eine Erfindung des schlafenden Gehirns gehalten haben könnte, aber die Punkte eines lodernden gelben Feuers schimmerten wie zwei Augen aus der Schwärze.

Darüber hinaus kam eine Stimme aus ihm heraus - ein leises, subtiles, unmenschliches Zischen, das mehr dem sanften, abscheulichen Zischen einer Schlange glich als allem anderen, und das anscheinend nicht von etwas mit menschlichen Lippen ausgehen konnte. Sowohl der Klang als auch die Wirkung dieser Stimme erfüllte Yasmela mit einem so unerträglichen Schrecken, dass sie ihren schlanken nackten Körper wie unter einer Peitsche krümmte und verdrehte, als wolle sie ihren Geist durch körperliche Verrenkungen von dieser anzüglichen Abscheulichkeit befreien.

"Du bist bestimmt für mich, Prinzessin", kam das schadenfrohe Flüstern. "Bevor ich aus dem langen Schlaf erwachte, hatte ich dich gezeichnet und mich nach dir gesehnt, aber ich wurde von dem alten Zauber festgehalten, mit dem ich meinen Feinden entkommen war. Ich bin die Seele von Natohk, dem Verschleierten! Sieh mich gut an, Prinzessin! Bald wirst du mich in meiner leiblichen Gestalt erblicken und mich lieben!"

Das geisterhafte Zischen verflüchtigte sich in lustvollem Gekicher, und Yasmela stöhnte und schlug in ihrer Ekstase des Schreckens mit ihren kleinen Fäusten auf die Marmorplatten.

"Ich schlafe in der Palastkammer von Akbatana", fuhren die Zischlaute fort. "Dort liegt mein Körper in seinem Gebilde aus Knochen und Fleisch. Aber er ist nur eine leere Hülle, aus der der Geist für einen kurzen Zeitraum herausgeflogen ist. Könnte man von diesem Palastflügel aus einen Blick auf ihn werfen, würde man die Vergeblichkeit eines Widerstandes erkennen. Die Wüste ist ein Rosengarten unter dem Mond, in dem das Feuer von hunderttausend Kriegern blüht. Während eine Lawine vorwärts fegt, die an Masse und Schwung zunimmt, werde ich in das Land meiner alten Feinde hineinfegen. Ihre Könige werden mir Schädel für Pokale liefern, ihre Frauen und Kinder werden Sklaven meiner Sklaven sein. Ich bin in den langen Jahren des Traums stark geworden ..."

"Aber du sollst meine Königin sein, oh Prinzessin! Ich werde dich die alten, vergessenen Wege des Vergnügens lehren. Wir ..." Vor dem Strom der kosmischen Obszönität, der aus dem schattenhaften Koloss strömte, schauderte und krümmte sich Yasmela wie durch eine Peitsche, die ihr zartes nacktes Fleisch häutete.

"Erinnere dich!", flüsterte das Grauen. "Es werden nicht mehr viele Tage vergehen, bis ich komme, um mein Eigentum zu fordern!"

Yasmela drückte ihr Gesicht gegen die Kacheln und hielt sich mit ihren zierlichen Fingern die rosa Ohren zu, doch sie schien ein seltsames, ausladendes Geräusch zu hören, wie das Schlagen von Fledermausflügeln. Dann sah sie ängstlich nach oben und sah nur den Mond, der durch das Fenster schien, mit einem Strahl, der wie ein silbernes Schwert über die Stelle schien, wo das Phantom gelauert hatte. Zitternd in allen Gliedern erhob sie sich und taumelte zu einem Satinsofa, wo sie sich hysterisch weinend niederwarf. Die Mädchen schliefen weiter, aber eine, die aufwachte, gähnte, streckte ihre schlanke Gestalt und blinzelte umher. Sofort lag sie auf den Knien neben der Couch, ihre Arme um Yasmelas geschmeidige Taille gelegt.

"War es ..., war es ...?" Ihre dunklen Augen waren vor Angst weit aufgerissen. Yasmela packte sie in einem krampfhaften Griff.

"Oh, Vateesa. Es kam erneut! Ich sah es - hörte es sprechen! Es nannte seinen Namen - Natohk! Es ist Natohk! Es ist kein Alptraum - es ragt über mich hinweg, während die Mädchen wie unter Drogen schliefen. Was oh, was soll ich tun?"

Vateesa drehte in Gedanken ein goldenes Armband um ihren runden Arm.

"Oh, Prinzessin", sagte sie, "es ist offensichtlich, dass keine sterbliche Macht damit umgehen kann, und der Zauber ist nutzlos, den die Priester von Ishtar dir gegeben haben.

Darum suche das vergessene Orakel von Mitra auf."

Trotz ihres jüngsten Schreckens schauderte Yasmela. Die Götter von gestern werden zu den Teufeln von morgen. Die Kothianer hatten die Anbetung von Mitra schon lange aufgegeben und die Verehrung und das Wesen des universellen hyborianischen Gottes vergessen. Yasmela hatte die vage Vorstellung, dass die Gottheit, nachdem sie sehr alt war, sehr schrecklich sei. Die Gottheit Ishtar war sehr gefürchtet, und alle Götter von Koth. Die kothianische Kultur und Religion hatte unter einer subtilen Vermischung von schemitischen und stygischen Strömungen gelitten. Die einfache Lebensweise der Hyborianer war durch die sinnlichen, luxuriösen, aber despotischen Gewohnheiten des Ostens weitgehend verändert worden.

"Wird Mitra mir helfen?" Yasmela erwischte in ihrem Eifer Vateesas Handgelenk. "Wir haben Ishtar so lange angebetet."

"Sicherlich wird er das tun!" Vateesa war die Tochter eines ophireanischen Priesters, der seine Bräuche mitgebracht hatte, als er vor politischen Feinden nach Choraja floh. "Suche das Heiligtum auf! Ich werde mit dir gehen."

"Das werde ich!" Yasmela erhob sich, erhob aber Einspruch, als Vateesa sich darauf vorbereitete, sie anzukleiden. "Es ist nicht angemessen, dass ich in Seide gekleidet vor den Schrein trete. Ich werde nackt gehen, auf meinen Knien, wie es sich für einen Bittsteller gehört, damit Mitra nicht meint, es fehle mir an Demut."

"Unsinn!" Vateesa hatte wenig Respekt für die Art und Weise dessen, was sie für einen verkehrten Sektenritus hielt. "Mitra ließ die Leute aufrecht vor sich stehen - nicht wie Würmer auf dem Bauch krabbeln oder Blut von Tieren auf seinen Altären vergießen."

So tadelnd erlaubte Yasmela dem Mädchen, sie in das leichte ärmellose Seidenhemd zu kleiden, über das eine seidene Tunika gestülpt wurde, die an der Taille durch einen breiten Samtgürtel gebunden war. Auf ihre schlanken Füße wurden Satinschuhe gesteckt, und ein paar geschickte Berührungen von Vateesas rosa Fingern ordneten ihre dunklen, gewellten Locken. Dann folgte die Prinzessin dem Mädchen, das einen schweren goldgearbeiteten Wandteppich beiseiteschob und den goldenen Riegel der Tür auf die Seite warf, die er verdeckte. Dadurch gelangte man in einen schmalen, gewundenen Gang, und die beiden Mädchen gingen schnell nach unten, durch eine andere Tür und in einen breiten Flur. Hier stand ein Gardist mit einem vergoldeten Helm, versilbertem Kürass und goldgetriebenen Beinschienen, mit einer langstieligen Streitaxt in den Händen.

Ein Appell von Yasmela überprüfte seine Aufmerksamkeit, und salutierend nahm er wieder neben der Türöffnung Stellung, regungslos wie ein ehernes Bild. Die Mädchen durchquerten den Flur, der im Licht der Cresset-Flammenschale an den hohen Wänden gewaltig und unheimlich schien, und gingen eine Treppe hinunter, wo Yasmela vor den Schattenflecken zitterte, die in den Winkeln der Wände hingen. Drei Stockwerke weiter unten blieben sie schließlich in einem schmalen Korridor stehen, an der Gewölbedecke waren Schmucksteine angebracht, der Boden bestand aus kristallenen Platten, und die Wände waren mit goldenen Friesarbeiten verziert. Auf diese glänzende Weise stahlen sie, sich gegenseitig an den Händen haltend, zu einem breiten, vergoldeten Portal.

Vateesa drückte die Tür auf und enthüllte einen Schrein, der bis auf einige wenige Gläubige längst vergessen war, und königliche Besucher am Hofe von Khoraja, zu deren Nutzen der Schrein hauptsächlich erhalten blieb. Yasmela hatte ihn noch nie betreten, obwohl sie im Palast geboren war. Schlicht und schmucklos im Vergleich zu der verschwende-

rischen Zurschaustellung von Ischtars Heilig-
tümern, war sie von einer für die mitranische
Religion charakteristischen Einfachheit der
Würde und Schönheit.

Die Decke war hoch, aber nicht gewölbt
und aus schlichtem weißem Marmor, ebenso
wie die Wände und der Boden, wobei erstere
mit einem schmalen goldenen Fries überzogen
waren. Hinter einem Altar aus klarer grüner
Jade, der nicht mit Opfergaben bedeckt war,
stand der Sockel, auf dem die materielle Ma-
nifestation der Gottheit saß. Yasmela blickte
mit Ehrfurcht auf den Bogen der prächtigen
Schultern, die klaren Gesichtszüge - die breiten, geraden Augen, den patriarchalischen
Bart, die dicken Locken des Haares, die von
einem einfachen Band um die Schläfen begrenzt werden. Dies, obwohl sie es nicht
wusste, war Kunst in ihrer höchsten Form -
der freie, unverkrampfte künstlerische Ausdruck einer hoch ästhetischen Kultur, die
nicht durch konventionelle Symbolik behin-
dert wurde.

Sie fiel auf die Knie, und danach verbeugte
sie sich, ungeachtet der Ermahnung von Vateesa, und Vateesa folgte sicherheitshalber
ihrem Beispiel; denn schließlich war sie nur
ein Mädchen, und es war sehr beeindruckend
in Mitras Schrein. Aber auch so konnte sie es

nicht unterlassen, Yasmela ins Ohr zu flüstern.

"Dies ist nur das Emblem des Gottes. Keiner gibt vor, zu wissen, wie Mitra aussieht. Dies aber stellt ihn in idealisierter menschlicher Form dar, so nahe an der Vollkommenheit, wie der menschliche Verstand sie sich vorstellen kann. Er bewohnt nicht diesen kalten Stein, wie die Priester von Ishtar behaupten. Er ist überall über uns und um uns herum, und er schwebt manchmal auf den hohen Plätzen zwischen den Sternen. Aber hier konzentriert sich sein Sein. Darum rufe ihn an."

"Was soll ich sagen?", flüsterte Yasmela in stammelnder Angst.

"Bevor du sprechen kannst, weiß Mitra den Inhalt deines Geistes", begann Vateesa. Dann fingen beide Mädchen heftig an, als eine Stimme in der Luft über ihnen ertönte. Die tiefen, ruhigen, glockenähnlichen Töne kamen genauso wenig aus dem Standbild wie von irgendwo anders in der Kammer. Wieder zitterte Yasmela vor einer körperlosen Stimme, die zu ihr sprach, aber diesmal war es nicht aus Entsetzen oder Abscheu.

"Sprich nicht, meine Tochter, denn ich kenne dein Bedürfnis", kamen die Intonationen wie tiefe musikalische Wellen, die rhythmisch wie an einem goldenen Strand entlang klangen. "Auf die eine Art und Weise magst du dein Königreich retten, und rette es, rette die ganze Welt vor den Giftzähnen der Schlange, die aus der Dunkelheit der Zeitalter heraufgekrochen kam. Geh allein auf die Straßen hinaus und lege dein Königreich in die Hände des ersten Mannes, dem du dort begegnest."

Die unausgesprochenen Töne hörten auf, und die Mädchen starrten sich gegenseitig an. Als sie sich erhob, schlichen sie sich hinaus und sprachen nicht, bis sie wieder in Yasmelas Kammer standen. Die Prinzessin starrte aus den vergoldeten Fenstern. Der Mond war untergegangen. Es war weit nach Mitternacht. In den Gärten und auf den Dächern der Stadt waren die Geräusche der Lustbarkeiten verklungen. Khoraja schlief unter den Sternen, was sich in den funkelnden Kreszenzen zwischen den Gärten und entlang der Straßen und auf den flachen Dächern der Häuser, in denen die Menschen schliefen, zu spiegeln schien.

"Was wirst du tun?", flüsterte Vateesa, die völlig zitterte.

"Gib mir meinen Umhang", antwortete Yasmela und biss ihre Zähne zusammen.

"Aber allein, auf der Straße, um diese Zeit!", protestierte Vateesa.

"Mitra hat gesprochen", antwortete die Prinzessin. "Es könnte die Stimme des Gottes oder ein Trick eines Priesters gewesen sein. Das ist egal. Ich werde gehen!"

Sie wickelte einen voluminösen Seidenmantel um ihre geschmeidige Gestalt und zog eine Samtmütze an, von der ein hauchdünner Schleier herabhing, ging eilig durch die Gänge und näherte sich einer Bronzetür, durch die sie von einem Dutzend Speerkämpfer angegafft wurde. Sie befand sich in einem Flügel des Palastes, der direkt auf die Straße führte; auf den anderen beiden Seiten war sie von breiten Gärten umgeben, die durch eine hohe Mauer eingefasst waren. Sie tauchte auf die Straße auf, beleuchtet von Cresset-Feuerschalen, die in regelmäßigen Abständen aufgestellt waren.

Sie zögerte; dann schloss sie, bevor ihr Entschluss ins Wanken geriet, die Tür hinter sich. Ein leichter Schauder erschütterte sie, als sie die Straße rauf und runter blickte, die still und leer aussah. Diese Königstochter hatte sich noch nie zuvor unbeaufsichtigt aus dem Palast ihrer Vorfahren gewagt. Dann ging sie, sich stählern, schnell die Straße hinauf. Ihre satinierten Füße setzten sich leicht auf das Pflaster, aber ihr leises Geräusch ließ ihr Herz höher schlagen. Sie stellte sich ihren Sturz vor, der donnernd durch die große Stadt hallte und zerlumpte, rattenäugige Gestalten in geheimen Verstecken der Abwasserkanäle aufweckte. Jeder Schatten schien einen lauernden Mörder zu verbergen, und jede offene Tür schien die schleichenden Hunde der Finsternis zu tarnen.

Dann setzte sie sich gewaltsam in Bewegung. Vor ihr erschien eine Gestalt auf der unheimlichen Straße. Sie zog sich schnell in einen Schattenkomplex zurück, der nun wie ein Zufluchtsort schien, ihr Puls klopfte. Die sich nähernde Gestalt ging nicht heimlich, wie ein Dieb, oder schüchtern, wie ein verängstigter Wanderer. Er ging die nächtliche Straße hinunter, als jemand, der weder das Bedürfnis noch den Wunsch hat, leise zu gehen. Eine unbewusste Prahlerei lag in seinem Gang, und seine Schritte hallten auf dem Pflaster wider. Als er an einer Cresset-Feuerschale vorbeiging, sah sie ihn deutlich - ein großer Mann im Kettenhemd eines Söldners. Sie richtete sich auf, dann schoss sie aus dem Schatten und hielt ihren Umhang fest um sich geschlungen.

"Sein Schwert blitzte halb aus der Scheide. Es blieb stehen, als er sah, dass nur eine Frau vor ihm stand, aber sein schneller Blick ging über ihren Kopf und suchte im Schatten nach möglichen Verbündeten.

Er stand ihr gegenüber, die Hand auf dem langen Griff, der unter dem scharlachroten Umhang hervorlugte, der nachlässig von seinen Schultern floss. Der Fackelschein glitzerte stumpf auf dem polierten blauen Stahl seiner Beinschienen und seinem Helm. Ein unheilvolleres Feuer glitzerte bläulich in seinen Augen. Auf den ersten Blick sah sie, dass er kein Kothianer war; als er sprach, wusste sie, dass er auch kein Hyborianer war. Er war gekleidet wie ein Hauptmann der Söldner, und in diesem verwegenen Kommando waren Männer aus vielen Ländern, Barbaren ebenso wie zivilisierte Ausländer. Dieser Krieger hatte eine Wolfshaftigkeit an sich, die den Barbaren kennzeichnete. Die Augen eines zivilisierten Mannes, wie wild oder kriminell er auch sein mag, brannten nie mit einem solchen Feuer. Sein Atem roch nach Wein, aber er taumelte und stammelte nicht.

"Haben sie dich auf die Straße gesperrt", fragte er in barbarischer Schlichtheit und griff nach ihr. Seine Finger schlossen sich leicht um ihr rundliches Handgelenk, aber sie fühlte, dass er die Knochen ohne Anstrengung zersplittern konnte. "Ich komme gerade von der letzten offenen Weinhandlung. Ishtars Fluch auf diesen weißblütigen Reformern, die die Weinkeller schließen! Lass die Männer lieber schlafen, als zu saufen", sagen sie - ja, damit sie besser für ihre Herren arbeiten und kämpfen können! Ich nenne sie "Weichlinge", Eunuchen. Als ich mit den Söldnern von Korinthien diente, haben wir die ganze Nacht geschwitzt und gekämpft und den ganzen Tag gekämpft; ja, das Blut lief durch die Rillen unserer Schwerter. Aber was ist mit dir, mein Mädchen? Nimm die verfluchte Maske ab."

Sie wich seiner Umklammerung mit einer geschmeidigen Drehung ihres Körpers aus und versuchte, nicht den Anschein zu erwecken, ihn abzuwehren. Sie erkannte ihre Gefahr, allein mit einem betrunkenen Barbaren. Wenn sie ihre Identität verriet, könnte er sie auslachen oder sich davonmachen. Sie war sich nicht sicher, ob er ihr nicht die Kehle durchschneiden würde. Barbarische Männer taten seltsame, unerklärliche Dinge. Sie kämpfte gegen eine wachsende Angst.

"Nicht hier", lachte sie. "Komm mit mir ..."

"Wo?" Sein wildes Blut war aufgewühlt, aber er war misstrauisch wie ein Wolf. "Bringst du mich in eine Räuberhöhle?"

"Nein, nein, ich schwöre es!" Es war schwer, der Hand auszuweichen, die wieder an ihrem Schleier herumfummelte.

"Der Teufel hat dich gebissen, Flittchen!", knurrte er angewidert. "Du bist so schlimm wie eine Hyrkanierin, mit deinem verdammten

Schleier. Lass mich trotzdem deine Figur ansehen."

Bevor sie es verhindern konnte, riss er ihr den Umhang vom Leib, und sie hörte seinen Atem zwischen den Zähnen zischen. Er stand da und hielt den Umhang fest und sah sie an, als hätte ihn der Anblick ihrer reichen Gewänder etwas ernüchtert. Sie sah, wie der Verdacht in seinen Augen mürrisch aufflackerte.

"Wer zum Teufel bist du?", murmelte er. "Du bist kein Straßenmädchen - es sei denn, dein Zuhälter hat das Serail des Königs wegen deiner Kleidung ausgeraubt."

"Das ist doch egal." Sie wagte es, ihre weiße Hand auf seinen massiven, eisenbeschlagenen Arm zu legen. "Komm mit mir von der Straße."

Er zögerte und zuckte dann mit den Achseln. Sie sah, dass er sie zur Hälfte für eine edle Dame hielt, die, der höflichen Liebhaber überdrüssig, dieses Mittel der Belustigung brauchte. Er erlaubte ihr, den Umhang wieder anzulegen, und folgte ihr. Aus den Augenwinkeln beobachtete sie ihn, als sie gemeinsam die Straße entlang gingen. Seine Rüstung konnte seine harten Linien tigerischer Stärke nicht verbergen. Alles an ihm war tigerisch, elementar, ungezähmt. Er war ihr so fremd wie der Dschungel in seinem Unterschied zu den lässigen Höflingen, an die sie gewöhnt war. Sie fürchtete ihn, sagte sich, sie verabscheute seine rohe brutale Kraft und seine schamlose Barbarei, doch etwas Atemloses und Gefährliches in ihr lehnte sich an ihn; der verborgene primitive Drang, der in der Seele jeder Frau lauert, wurde angesprochen und reagierte. Sie hatte seine verhärtete Hand auf ihrem Arm gespürt, und etwas tief in ihr klang in der Erinnerung an diesen Kontakt. Viele Männer hatten vor Yasmela gekniet. Hier war einer, von dem sie das Gefühl hatte, dass er noch nie vor jemandem gekniet hatte. Sie fühlte, dass sie einen Tiger ohne Ketten führte; sie war verängstigt und fasziniert von ihrer Angst.

Sie blieb an der Palasttür stehen und stieß leicht gegen die Tür. Heimlich beobachtete sie ihren Begleiter und sah keinen Verdacht in seinen Augen.

"Palast, was?" rumpelte er. " Dann bist du also ein Dienstmädchen?"

Sie fragte sich mit einer seltsamen Eifersucht, ob eine ihrer Mägde diesen Kriegsadler jemals in ihren Palast geführt hatte. Die Wachen machten kein Zeichen, als sie ihn zwischen ihnen hindurchführte, aber er beäugte sie, wie ein wilder Hund ein seltsames Rudel beäugen könnte. Sie führte ihn durch eine

Tür mit Vorhang in eine innere Kammer, wo er unbefangen die Wandteppiche abtastete, bis er einen Weinkrug aus Kristall auf einem Ebenholztisch sah. Diesen nahm er mit einem befriedigten Seufzer auf und kippte ihn gegen seine Lippen. Vateesa rannte aus einem inneren Raum und weinte atemlos: "Oh, meine Prinzessin ..."

"Prinzessin!"

Der Weinkrug krachte auf den Boden. Mit einer Bewegung, die zu schnell war, als dass man sie hätte verfolgen können, riss der Söldner Yasmelas Schleier ab, und zwar mit einem grellen Knall. Er schreckte mit einem Fluch zurück, sein Schwert sprang ihm mit einem breiten Schimmer von blauem Stahl in die Hand. Seine Augen glühten wie die eines gefangenen Tigers. Die Luft war mit einer Spannung aufgeladen, die wie die Pause vor dem Bersten eines Sturms war. Vateesa sank sprachlos vor Schrecken zu Boden, aber Yasmela trat dem wütenden Barbaren entgegen, ohne mit der Wimper zu zucken. Sie erkannte, dass ihr Leben auf dem Spiel stand: verrückt vor Misstrauen und unvernünftiger Panik war er bereit, bei der geringsten Provokation mit dem Tod zu rechnen. Aber sie erlebte in der Krise eine gewisse atemlose Erheiterung.

"Hab keine Angst", sagte sie. "Ich bin Yasmela, aber es gibt keinen Grund, mich zu fürchten."

"Warum hast du mich hierher geführt?", knurrte er und huschte mit glühenden Augen durch den Raum. "Was ist das für eine Falle?"

"Es gibt keine Falle", antwortete sie. "Ich habe dich hergebracht, weil du mir helfen sollst. Ich rief den Gott Mitra an, und er befahl mir, auf die Straße zu gehen und den ersten Mann, den ich treffen würde, um Hilfe zu bitten."

Das war etwas, das er verstehen konnte. Die Barbaren hatten ihre Orakel. Er senkte sein Schwert, obwohl er es nicht in die Scheide steckte.

"Wenn du Yasmela bist, brauchst du Hilfe", grunzte er. "Dein Königreich ist in einem teuflischen Durcheinander. Aber wie kann ich dir helfen? Wenn du eine Kehle durchgeschnitten haben möchtest, dann ..."

"Setzen dich", bat sie. "Vateesa bring ihm Wein."

Er willigte ein, wobei er, wie sie bemerkte, darauf achtete, mit dem Rücken gegen eine feste Wand zu sitzen, von der aus er den ganzen Raum beobachten konnte. Er legte sein blankes Schwert über seine gepanzerten Knie. Sie blickte fasziniert darauf. Ihr dumpfer blauer Schimmer schien Geschichten von Blutvergießen und Vergewaltigung widerzuspiegeln; sie zweifelte an ihrer Fähigkeit, es zu heben, doch sie wusste, dass der Söldner es mit einer Hand so leicht wie eine Reitpeitsche schwingen konnte. Sie bemerkte die Breite und Kraft seiner Hände; sie waren nicht die stumpfsinnigen, unentwickelten Pfoten eines Höhlenbewohners. Mit einem schuldbewussten Gefühl stellte sie sich diese starken Finger in ihrem dunklen Haar vor.

Er schien beruhigt zu sein, als sie sich ihm gegenüber auf einem Satin-Diwan niederließ. Er nahm seine Sturmhaube ab und legte sie auf den Tisch, zog seine Kappe weg und ließ das Kettenhemd von seinen massiven Schultern fallen. Sie sah nun seine Andersartigkeit gegenüber den hyborianischen Völkern deutlicher. In seinem dunklen, vernarbten Gesicht war eine Andeutung von Launenhaftigkeit zu erkennen; und ohne von Verderbtheit oder gar Bösartigkeit gezeichnet zu sein, gab es mehr als nur eine Andeutung des Unheimlichen in seinen Zügen, die durch seine schwelenden blauen Augen hervorgehoben wurde. Eine niedrige, breite Stirn wurde von einer quadratisch geschnittenen, zerzausten Mähne gekrönt, die schwarz wie ein Rabenflügel war.

"Wer bist du?", fragte sie abrupt.

"Conan, ein Hauptmann der Söldner-Speer-kämpfer", antwortete er, leerte den Weinbecher auf einen Schluck und hielt ihn nach mehr aus. "Ich bin in Kimmerien geboren."

Der Name bedeutete ihr wenig. Sie wusste nur vage, dass es sich um ein wildes, grimmiges Hügelland handelte, das weit im Norden lag, jenseits der letzten Außenposten der hyborischen Völker, und das von einer wilden, launischen Bevölkerung besiedelt war. Sie hatte noch nie zuvor einen von ihnen gesehen.

Ihr Kinn auf den Händen ruhend, blickte sie ihn mit den tiefen, dunklen Augen an, die schon so manches Herz versklavt hatten.

"Conan von Kimmerien", sagte sie, "Du sagtest, ich brauche Hilfe. Warum?", fragte sie.

"Nun", antwortete er, "das kann jeder Mann sehen. Da ist der König, dein Bruder in einem Gefängnis in Ophir; da ist Koth, der dich versklaven will; da ist dieser Zauberer, der die Hölle beschwört - Feuer und Zerstörung unten in Shem - und was noch schlimmer ist, hier sind deine Soldaten, die jeden Tag desertieren.

Sie antwortete nicht sofort; es war eine neue Erfahrung für einen Mann, so offen zu ihr zu sprechen, seine Worte nicht in höfische Phrasen gekleidet.

"Warum desertieren meine Soldaten, Conan?", fragte sie.

"Einige werden von Koth angeheuert", antwortete er und zog genüsslich am Weinglas. "Viele denken, dass Khoraja als unabhängiger Staat dem Untergang geweiht ist. Viele erschrecken sich vor den Erzählungen über diesen Hund Natohk."

"Werden die Söldner standhalten?", fragte sie besorgt.

"Solange man uns gut bezahlt", antwortete er freimütig. "Eure Politik bedeutet uns nichts. Ihr könnt Amalric, unserem General, vertrauen, aber wir anderen sind nur gewöhnliche Männer, die die Beute lieben. Wenn ihr das Lösegeld bezahlt, das Ophir verlangt, sagen die Männer, dass ihr uns nicht bezahlen könnt. In diesem Fall könnten wir zum König von Koth überlaufen, obwohl dieser verfluchte Geizhals kein Freund von mir ist. Oder wir plündern diese Stadt. In einem Bürgerkrieg gibt es immer viel Plünderungen."

"Warum gehst du nicht zu Natohk?", fragte sie.

"Was könnte er uns zahlen?", schnaubte er. "Mit dickbäuchigen Messinggötzen, die er aus den Städten der Schemiten plünderte? Solange ihr gegen Natohk kämpft, könnt ihr uns vertrauen."

"Würden dir deine Kameraden folgen?", fragte sie abrupt.

"Wie meint ihr das?"

"Ich meine", antwortete sie absichtlich, "dass ich dich zum Kommandeur der Armeen von Khoraja machen will!"

Er blieb kurz stehen, der Kelch an seinen Lippen, die sich in einem breiten Grinsen wölbten. Seine Augen leuchteten in einem neuen Licht.

"Kommandeur? Bei Crom! Aber was werden Eure parfümierten Edelleute sagen?"

"Sie werden mir gehorchen!" Sie klatschte in die Hände, um einen Sklaven zu rufen, der sich tief verbeugt. "Lass Graf Thespides sofort zu mir kommen, und den Kanzler Taurus, Lord Amalric und den Agha Shupras.

"Ich vertraue Mitra", sagte sie und beugte ihren Blick auf Conan, der nun das Essen verschlang, das ihm von der zitternden Vateesa vorgelegt wurde. "Du hast viel Krieg erlebt?"

"Ich wurde mitten in der Schlacht geboren", antwortete er und riss mit seinen starken Zähnen ein Stück Fleisch aus einer riesigen Keule. "Das erste Geräusch, das meine Ohren hörten, war das Klirren der Schwerter und die Schreie der Erschlagenen. Ich habe in Blut-

fehden, Stammeskriegen und imperialen Feld-
zügen gekämpft."

"Aber kannst du Männer anführen und
Schlachtlinien arrangieren?"

"Nun, ich kann es versuchen", erwiderte er
unerschrocken. "Es ist nicht mehr als
Schwertkampf in größerem Rahmen. Du
lockst sie aus der Deckung, dann stichst du
zu, schlägst zu! Und entweder deren Kopf ist
ab, oder deiner."

Der Sklave trat wieder ein und kündigte die
Ankunft der herbeigerufenen Männer an, und
Yasmela ging in die äußere Kammer und zog
die Samtvorhänge hinter sich zu. Die Adeligen
beugten ihre Kniee, offensichtlich in Überraschung über ihre Vorladung zu dieser Stunde.

"Ich habe euch vorgeladen, um euch meine
Entscheidung mitzuteilen", sagte Yasmela.
"Das Königreich ist in Gefahr ..."

"Das ist richtig, meine Prinzessin." Es war
Graf Thespides, der sprach - ein großer Mann,
dessen schwarze Locken sich kräuselten und
dufteten. Mit einer weißen Hand glättete er
seinen Spitzbart, mit der anderen hielt er eine
Samtauflage mit einer scharlachroten Feder,
die mit einer goldenen Schnalle befestigt war.
Seine spitzen Schuhe bestanden aus Satin,
sein Cote-Hardie aus goldbesticktem Samt.
Seine Haltung war leicht affektiert, aber die

Muskeln unter seiner Seide waren stählern. "Es war gut, Ophir mehr Gold für die Freilassung Ihres königlichen Bruders anzubieten."

"Ich bin ganz und gar nicht einverstanden", erklärte der Kanzler Taurus, ein älterer Mann in einem hermelingefransten Gewand, dessen Züge von den Sorgen seines langen Dienstes gezeichnet waren. "Wir haben bereits das angeboten, was das Königreich zu zahlen hat. Mehr zu bieten würde Ophirs Gier noch weiter anregen. Meine Prinzessin, ich sage, wie ich schon früher gesagt habe: Ophir wird sich nicht bewegen, bis wir dieser eindringenden Horde begegnet sind. Wenn wir verlieren, wird er König Khossus an Koth ausliefern; wenn wir gewinnen, wird er uns gegen Zahlung des Lösegeldes zweifellos seine Majestät zurückgeben."

"Und in der Zwischenzeit", erklärte Amalric, "desertieren die Soldaten täglich, und die Söldner sind unruhig, da sie nicht wissen, warum wir trödeln. Er war ein Nemedianer, ein großer Mann mit einer löwenähnlichen gelben Mähne. "Wir müssen schnell handeln, wenn überhaupt."

"Morgen marschieren wir in Richtung Süden", antwortete sie. "Und dort ist der Mann, der sie führen wird!"

Mit einem Ruck durch die Samtvorhänge zeigte sie auf dramatische Weise den Kimmerier an. Es war vielleicht kein ganz glücklicher Moment für die Enthüllung. Conan lag ausgestreckt auf seinem Stuhl, die Füße auf dem Ebenholztisch, und war damit beschäftigt, an einem Rinderknochen zu nagen, den er mit beiden Händen fest umklammerte. Er blickte beiläufig auf die verblüfften Adeligen, grinste Amalric schwach an und fuhr mit unverhüllter Freude fort, zu mampfen.

"Mitra beschütze uns!" explodierte Amalric. "Das ist Conan der Nordländer, der unruhigste aller meiner Halunken! Ich hätte ihn schon längst gehängt, wäre er nicht der beste Schwertkämpfer, der je mit einem Kettenpanzer bekleidet war."

"Eure Hoheit scherzt gerne", rief Thespides, seine aristokratischen Züge verdunkelten sich. "Dieser Mann ist ein Wilder - ein Kerl ohne Kultur oder Herkunft! Es ist eine Beleidigung, die Herren zu bitten, unter ihm zu dienen! Ich —"

"Graf Thespides", sagte Yasmela, "Sie haben meine schützende Hand über Ihrem Kahlkopf. Bitte verzichten Sie darauf und gehen Sie dann."

"Gehen?", schrie er und fing an. "Wohin gehen?"

"Nach Koth oder in den Hades!", antwortete sie. "Wenn Sie mir nicht dienen wollen, wie ich es wünsche, sollen Sie mir gar nicht dienen."

"Eure Majestät, Prinzessin," antwortete er und verbeugte sich tief und tief verletzt. "Ich würde Euch nicht im Stich lassen. Um euretwillen werde ich diesem Wilden sogar mein Schwert zur Verfügung stellen."

"Und Ihr, Mylord Amalric?"

Amalric schwor schwer atmend, dann grinste er. Ein echter Soldat des Glücks, keine noch so ungeheuerliche Wendung des Schicksals hätte ihn sehr überrascht.

"Ich werde unter ihm dienen. Ein kurzes Leben und ein fröhliches, sagen wir, und mit Conan, dem Kehlenschlitzer, als Kommandant wird das Leben wahrscheinlich sowohl fröhlich als auch kurz sein. Mitra! Wenn der Hund jemals mehr als eine Kompanie von Halsabschneidern befohlen hat, werde ich ihn verspeisen, mitsamt Geschirr und allem!"

"Und Sie, mein Agha?" wandte sie sich an Shupras.

Er zuckte resigniert die Achseln. Er war ein typischer Vertreter der ethnischen Gruppe, die sich entlang der südlichen Grenze von Koth entwickelte - hoch und hager, mit schlankeren und falkenähnlichen Zügen als seine reinblütigeren Wüstenverwandten.

"Ishtar macht das, Prinzessin." Der Fatalismus seiner Vorfahren sprach für ihn.

"Wartet hier", befahl sie, und während Thespides rauchte und an seiner Samtmütze nagte, Taurus müde vor sich hin murmelte und Amalric hin- und herging, an seinem gelben Bart zerrte und wie ein hungriger Löwe grinste, verschwand Yasmela wieder durch die Vorhänge und klatschte nach ihren Sklaven.

Auf ihr Kommando brachten sie einen Harnisch mit, der Conans Kettenhemd ersetzen sollte - Gorget, Sollenerets, Kürass, Schulterblätter, Jambes, Beinschienen und Sallet. Als Yasmela erneut die Vorhänge aufzog, stand ein Conan in brüniertem Stahl vor seinem Publikum. In den Plattenpanzer gehüllt, mit hochgezogenem Visier und dunklem Gesicht, das von den schwarzen Federn, die über seinem Helm nickten, beschattet wurde, war er von einer grimmigen Eindrücklichkeit umgeben, die selbst Thespides widerstrebend zur Kenntnis nahm. Ein Scherz verstummte plötzlich auf Amalric's Lippen.

"Bei Mitra", sagte er langsam, "ich hätte nie erwartet, dich in einem Panzer zu sehen, aber du beschämst niemanden. Bei meinen Fingerknochen, Conan, ich habe Könige gesehen, die ihre Rüstung weniger königlich trugen als du!"

Conan schwieg. Ein vager Schatten ging ihm durch den Kopf wie eine Prophezeiung. In den kommenden Jahren sollte er sich an die Worte Amalric's erinnern, als dieser Traum zur Wirklichkeit wurde.

Kapitel 3

Im frühen Dunst der Morgendämmerung wurden die Straßen von Khoraja von Menschenmassen bevölkert, die die Heerscharen aus dem Südtor reiten sahen. Endlich war die Armee in Bewegung. Da waren die Ritter, die in reich gearbeiteten Plattenrüstungen glänzten, mit farbigen Federn, die über ihren brünierten Helmen wehten. Ihre Pferde, mit Seide, lackiertem Leder und goldenen Schnallen ausgestattet, ziseliert und geschweift, während ihre Reiter sie auf Herz und Nieren prüfen. Das frühe Licht traf auf die Lanzenspitzen, die sich wie ein Wald über der Reihe erhoben, ihre Wimpel flatterten in der Brise. Jeder Ritter trug ein Frauengeschenk, einen Handschuh, ein Halstuch oder eine Rose, an seinen Helm gebunden oder am Schwertgürtel befestigt. Es war das Rittertum von Khoraja, fünfhundert Mann stark, angeführt von Graf Thespides, der, wie die Männer sagten, selbst nach der Hand von Yasmela strebte.

Ihnen folgte die leichte Kavallerie auf rassigen Pferden. Die Reiter waren typische Bergbewohner, mager und mit Falkengesicht; auf ihren Köpfen trugen sie spitze Stahlkappen und unter ihren fließenden Kaftanen glitzerten Kettenhemden. Ihre Hauptwaffe war der schreckliche Shemiten-Bogen, der einen Pfeil fünfhundert Schritte weit schicken konnte. Es waren fünftausend von ihnen, und Shupras ritt an ihrem Kopf, sein mageres Gesicht unter dem Helm mit der Spitze mürrisch.

Ihnen dicht auf den Fersen marschierten die Khoraja-Speerträger, die in jedem hyborianischen Staat, in dem die Menschen die Kavallerie für den einzigen ehrenhaften Zweig des Militärwesens hielten, immer vergleichsweise wenige waren. Diese waren, wie die Ritter, von altkotischem Blut - Söhne von ruinierten Familien, gebrochene Männer, mittellose Jugendliche, die sich Pferde und Plattenrüstungen nicht leisten konnten, fünfhundert von ihnen.

Die Söldner bildeten die Nachhut, tausend Reiter, zweitausend Speerträger. Die hohen Pferde der Kavallerie schienen hart und wild wie ihre Reiter; sie machten keine Dressursprünge oder Gambaden. Diese Profikiller, Veteranen blutiger Feldzüge, hatten einen grimmigen, geschäftsmäßigen Ausdruck. Von Kopf bis Fuß in Kettenhemden gekleidet, trugen sie ihre visierlosen Kopfbedeckungen über zusammengehaltenen Hauben. Ihre Schilde waren ungeschmückt, ihre langen Lanzen ohne Fahnen. An ihren Sattelbögen hingen Streitäxte oder Streitkolben aus Stahl, und jeder

Mann trug an der Hüfte ein langes Breitschwert. Die Speerträger waren ähnlich bewaffnet, trugen jedoch Piken anstelle von Kavallerie-Lanzen.

Sie waren Männer vieler Völker und vieler Untaten. Es gab große Hyperboreaner, hager, großknochig, mit langsamer Sprechweise und gewalttätigem Wesen; gelbhaarige Gundermen aus den Hügeln des Nordwestens; prahlerische korinthische Abtrünnige; dunkle Zingaren mit borstigen schwarzen Schnurrbärten und feurigem Temperament; Aquilonier aus dem fernen Westen. Aber alle, außer den Zingarianern, waren Hyborianer.

Hinter allen kam ein Kamel mit reichhaltigem Gepäck, angeführt von einem Ritter auf einem großen Kriegspferd, und umgeben von einem Haufen ausgesuchter Kämpfer der königlichen Haustruppen. Sein Reiter, unter dem seidenen Baldachin des Sitzes, war eine schlanke, in Seide gekleidete Gestalt, bei deren Anblick die Bevölkerung, immer im Gedanken an das Königtum, ihre Lederkappen hochwarf und wild jubelte.

Conan, der Kimmerier, unruhig in seinem Plattenpanzer, starrte ohne große Zustimmung auf das geschmückte Kamel und sprach mit Amalric, der neben ihm in einem mit Gold durchzogenen Kettenhemd mit goldenem Brustpanzer und einem Helm mit wallendem Rosshaarkranz ritt.

"Die Prinzessin würde mit uns gehen. Sie ist geschmeidig, aber zu weich für diese Arbeit. Jedenfalls muss sie aus diesen Gewändern herauskommen."

Amalric drehte seinen gelben Schnurrbart, um ein Grinsen zu verbergen. Offensichtlich vermutete Conan, dass Yasmela beabsichtigte, ein Schwert anzuschnallen und an den eigentlichen Kämpfen teilzunehmen, wie es die Barbarinnen oft taten.

"Die Frauen der Hyborianer kämpfen nicht wie Ihre kimmerischen Frauen, Conan", sagte er. "Yasmela reitet mit uns, um den Kampf zu beobachten. Jedenfalls", so schob er sich in den Sattel und senkte seine Stimme, "unter uns gesagt, ich habe die Vorstellung, dass die Prinzessin es nicht wagt, zurückzubleiben. Sie fürchtet etwas ..."

"Ein Aufstand? Vielleicht sollten wir lieber ein paar Bürger hängen, bevor wir anfangen ..."

"Nein. Eines ihrer Dienstmädchen plapperte über etwas, das nachts in den Palast kam und Yasmela zu Tode erschreckte. Es ist etwas von Natohks Teufelei, das bezweifle ich nicht. Conan, es ist mehr als Fleisch und Blut, das wir bekämpfen!"

"Nun", brummte der Kimmerier, "es ist besser, einem Feind entgegenzugehen, als auf ihn zu warten."

Er warf einen Blick auf die lange Reihe von Wagen und Gefolgsleuten, nahm die Zügel in die Hand und sprach aus Gewohnheit den Satz der marschierenden Söldner: "Hölle oder Beute, Genossen - Marsch!

Hinter dem langen Zug schlossen sich die schweren Tore von Khoraja. Eifrige Köpfe säumten die Zinnen. Die Bürger wussten sehr wohl, dass sie Leben oder Tod erlebten. Wenn die Hoheit besiegt würde, würde die Zukunft von Khoraja mit Blut geschrieben werden. In den Horden, die aus dem wilden Süden heraufstürmten, war Barmherzigkeit eine unbekannte Eigenschaft.

* * *

Den ganzen Tag marschierten die Kolonnen durch grasbewachsene, von kleinen Flüssen durchschnittene Wiesen, wobei das Gelände allmählich zu steigen begann. Vor ihnen lag eine Reihe niedriger Hügel, die sich in einem ununterbrochenen Wall von Osten nach Westen erstreckten. In dieser Nacht lagerten sie an den Nordhängen dieser Hügel, und hakennasige, feurige Männer der Bergstämme kamen in Scharen, um sich um die Feuer zu hocken und die Nachrichten zu wiederholen, die aus der geheimnisvollen Wüste heraufgekommen waren. Durch ihre Geschichten lief der Name Natohk wie eine kriechende Schlange. Auf seinen Befehl hin brachten die Dämonen der Luft Donner und Wind und Nebel mit, die Dämonen der Unterwelt erschütterten die Erde mit schrecklichem Gebrüll. Er holte Feuer aus der Luft und verzehrte die Tore von ummauerten Städten und verbrannte gepanzerte Männer zu verkohlten Knochenstücken. Seine Krieger bedeckten die Wüste mit ihrer Überzahl, und er hatte fünftausend stygische Truppen in Streitwagen unter dem Rebellenfürsten Kutamun.

Conan hörte unbeirrt zu. Krieg war sein Handwerk. Das Leben war seit seiner Geburt ein ständiger Kampf oder eine Reihe von Schlachten. Der Tod war ein ständiger Begleiter gewesen. Er pirschte sich grausam an seine Seite, stand an seiner Schulter neben den Spieltischen, seine knochigen Finger rüttelten an den Weinbechern. Er ragte über ihm auf, ein maskierter und monströser Schatten, als er sich zum Schlafen hinlegte. Er achtete auf seine Anwesenheit nicht mehr als ein König auf die Anwesenheit seines Mundschenk. Eines Tages würde sich sein knochiger Griff schließen; das war alles. Es genügte, wenn er die Gegenwart überlebte.

Andere waren jedoch weniger unbeküm-
mert gegenüber der Gefahr als er. Als er sich
von den Wachen zurückzog, hielt Conan inne,
während eine schlanke, verhüllte Gestalt ihn
mit ausgestreckter Hand zurückhielt.

"Prinzessin! Sie sollten in Ihrem Zelt sein."

"Ich konnte nicht schlafen." Ihre dunklen
Augen spukten im Schatten. "Conan, ich
fürchte mich!"

"Gibt es Männer in dem Heer, vor denen du
dich fürchtest?" Seine Hand lag auf seinem
Schwertgriff verschränkt.

"Kein Mann", schauderte sie. "Conan, gibt
es etwas, das du fürchtest?"

Er überlegte, zerrte an seinem Kinn. "Ja",
gab er schließlich zu, "den Fluch der Götter".

Wieder schauderte sie. "Ich bin verflucht.
Ein Unhold aus den Abgründen hat mir sein
Mal aufgedrückt. Nacht für Nacht lauert er in
den Schatten und flüstert mir schreckliche
Dinge ins Ohr. Er wird mich hinunterziehen,
um seine Königin der Hölle zu sein. Ich wage
nicht zu schlafen - er wird in meinem Pavillon
zu mir kommen, wie er in den Palast kam. Conan, du bist stark, lass mich bei dir sein! Ich
fürchte mich."

Sie war keine Prinzessin mehr, sondern nur
noch ein verängstigtes Mädchen. Ihr Stolz war
von ihr abgefallen und ließ sie schamlos in ih-

rer Nacktheit zurück. In ihrer verzweifelten Angst war sie zu dem gekommen, der ihr am stärksten schien. Die rücksichtslose Macht, die sie abgeschreckt hatte, zog sie nun an.

Als Antwort zog er seinen scharlachroten Umhang aus und wickelte ihn grob um sie, als wäre ihm Zärtlichkeit jeder Art fremd. Seine eiserne Hand ruhte für einen Augenblick auf ihrer schlanken Schulter, und sie zitterte wieder, aber nicht vor Angst. Wie ein Stromschlag überflutete sie bei seiner bloßen Berührung eine Welle animalischer Energie, als ob er ihr etwas von seiner übergroßen Kraft verliehen hätte.

"Legen Sie sich hierhin." Er deutete auf einen sauberen Platz in der Nähe eines kleinen flackernden Feuers hin. Er sah keine Widersprüchlichkeit bei einer Prinzessin, die auf dem nackten Boden neben einem Lagerfeuer lag, eingehüllt in den Mantel eines Kriegers. Aber sie gehorchte ohne Frage.

Er setzte sich in ihrer Nähe auf einen Felsblock, sein Breitschwert über die Knie gelegt. Mit dem Feuerlicht, das aus seiner blauen Stahlrüstung glitzerte, schien er für den Moment wie ein Bild stahlhart-dynamischer Kraft zu sein; er ruhte nicht aus, sondern blieb für einen kurzen Augenblick regungslos und wartete auf das Signal, sich wieder in eine grandiose Aktion zu stürzen. Das Feuerlicht spielte mit seinen Zügen, sodass sie wie aus der Materie herausgeschnitten wirkten, schattenhaft und doch hart wie Stahl. Sie waren regungslos, aber seine Augen glühten vor heftigem Leben. Er war nicht nur ein wilder Mann; er war Teil der Wildnis, eins mit den unbezähmbaren Elementen des Lebens; in seinen Adern floss das Blut des Wolfsrudels; in seinem Gehirn lauerten die brütenden Tiefen der nördlichen Nacht; sein Herz klopfte im Feuer lodernder Wälder.

Halb meditierend, halb träumend fiel Yasmela in den Schlaf, eingehüllt in ein Gefühl köstlicher Geborgenheit. Irgendwie wusste sie, dass sich in der Dunkelheit kein flammender Schatten über sie beugen würde, während diese grimmige Gestalt aus der Fremde über ihr Wache stand. Und wieder einmal erwachte sie, um in kosmischer Angst zu schaudern, wenn auch nicht wegen etwas, das sie sah.

Es war ein leises Summen von Stimmen, das sie aufweckte. Als sie ihre Augen öffnete, sah sie, dass das Feuer niederbrannte. Ein Gefühl der Morgendämmerung lag in der Luft. Sie konnte schwach sehen, dass Conan immer noch auf dem Felsen saß; sie sah den langen blauen Schimmer seiner Klinge. Dicht neben ihm kauerte eine weitere Figur, auf die das erlöschende Feuer einen schwachen

Schein warf. Yasmela erkannte schläfrig einen hakenförmigen Nasenrücken, eine glitzernde Perle eines Auges, unter einem weißen Turban. Der Mann sprach schnell in einem schemitischen Dialekt, den sie nur schwer verstand.

"Lass Bel meinen Arm verdorren! Ich spreche die Wahrheit! Bei Derketo, Conan, ich bin ein Fürst der Lügner, aber ich lüge keinen alten Genossen an. Ich schwöre es bei den Tagen, als wir zusammen im Land Zamora Diebe waren, bevor du den Helm getragen hast!

"Ich sah Natohk; mit den anderen kniete ich vor ihm nieder, als er Beschwörungsformeln für den Gott Set machte. Aber ich habe meine Nase nicht wie die anderen in den Sand gesteckt. Ich bin ein Dieb von Shumir, und mein Augenlicht ist schärfer als das eines Wiesels. Ich blinzelte hoch und sah seinen Schleier im Wind wehen. Er wehte zur Seite, und ich sah - ich sah - Hilf mir, Conan, ich sage, ich habe es gesehen! Mein Blut gefror in meinen Adern und meine Haare standen auf. Was ich gesehen hatte, verbrannte meine Seele wie ein glühendes Eisen. Ich konnte nicht ruhen, bis ich mich vergewissert hatte.

"Ich reiste zu den Ruinen von Kuthchemes. Die Tür der Elfenbeinkuppel stand offen; in der Türöffnung lag eine große Schlange, die von einem Schwert durchbohrt wurde. In der Kuppel lag der Körper eines Mannes, so verschrumpelt und verzerrt, dass ich ihn zunächst kaum erkennen konnte - es war Schewata, der Zamorianer, der einzige Dieb der Welt, den ich als Überlegenen anerkannte. Der Schatz war unangetastet; er lag in schimmernden Haufen um die Leiche herum. Das war alles."

"Es gab keine Knochen ...", begann Conan.

"Da war nichts!", brodelte der Schemite leidenschaftlich. "Nichts! Nur die eine Leiche!"

Einen Augenblick lang herrschte Schweigen, und Yasmela schauderte vor lauter namenlosem Entsetzen.

"Woher kam Natohk?" erhob sich das lebhafte Flüstern des Schemiten. "Aus der Wüste in einer Nacht, in der die Welt blind und wild war, mit wilden Wolken, die in rasendem Flug über die schaudernden Sterne getrieben wurden, und das Heulen des Windes mischte sich mit dem Schreien der Geister der Wüste. Vampire waren in dieser Nacht unterwegs, Hexen ritten nackt durch den Wind, und Werwölfe heulten durch die Wildnis. Auf einem schwarzen Kamel kam er, reitend wie der Wind, und ein unheiliges Feuer spielte um ihn herum; die verschlungenen Spuren des Kamels glühten in der Dunkelheit. Als Natohk vor dem Schrein von Set bei der Oase Aphaka abstieg, sauste die Bestie in die Finsternis und war verschwunden. Und ich habe mit Stammesangehörigen gesprochen, die schworen, dass es plötzlich riesige Flügel ausbreitete und in die Wolken aufstieg und eine Feuerspur hinterließ. Kein Mensch hat dieses Kamel seit dieser Nacht gesehen, aber eine schwarze, brutale, menschenähnliche Gestalt flattert vor der Morgendämmerung zu Natohks Zelt und gibt ihm in der Dunkelheit Befehle. Ich werde dir sagen, Conan, Natohk ist - schau, ich werde dir ein Bild von dem zeigen, was ich an jenem Tag bei Shushan sah, als der Wind seinen Schleier wegwehte!"

Yasmela sah das Glitzern des Goldes in der Hand des Schemiten, als sich die Männer eng über etwas beugten. Sie hörte Conan grunzen; und plötzlich überkam sie Schwärze. Zum ersten Mal in ihrem Leben war Prinzessin Yasmela in Ohnmacht gefallen.

Kapitel 4

Die Morgendämmerung war noch ein Hauch von Weiß im Osten, als die Armee wieder auf dem Marsch war. Stammesangehörige kamen ins Lager gerannt, ihre Rosse taumelten von dem langen Ritt, um die Wüstenhorde zu melden, die am Altaku-Brunnen lagerte. So drängten die Soldaten hastig durch die Hügel und ließen die Wagenkolonnen hinter sich. Yasmela ritt mit ihnen; ihre Augen sahen gespenstisch aus. Das namenlose Grauen nahm noch schrecklichere Formen an, seit sie in der Nacht zuvor die Münze in der Hand des Schemiten erkannt hatte - eine von denen, die heimlich vom zerfallenen Zugitenkult geformt worden sind, und die die Züge eines dreitausend Jahre alten Toten tragen.

Der Weg schlängelte sich zwischen zerklüfteten Klippen und mageren Felsen, die über enge Täler ragten. Hier und da lagen Dörfer, in denen Steinhütten standen, verputzt mit Lehm. Die Stammesangehörigen sammelten sich, um sich ihren Verwandten anzuschließen, sodass das Heer, bevor es die Höhen überquert hatte, durch rund dreitausend wilde Bogenschützen verstärkt worden war.

Plötzlich kamen sie aus den Anhöhen heraus und schnappten Luft beim Anblick der riesigen Weite, die im Süden vorbeizog. Auf der Südseite fielen die Erhebungen schier ab und markierten eine deutliche geografische Trennung zwischen dem Kothian-Hochland und der südlichen Wüste. Die Berge bildeten den Rand des Hochlandes und erstreckten sich mit einer fast ununterbrochenen Mauer. Hier waren sie kahl und trostlos, nur vom Zaheemi-Clan bewohnt, dessen Aufgabe es war, die Karawanenstraße zu bewachen. Jenseits der Berge erstreckte sich die Wüste kahl, staubig und leblos. Doch hinter ihrem Horizont lagen der Altaku-Brunnen und die Horde von Natohk.

Die Armee blickte auf den Schamla-Pass hinab, durch den der Reichtum des Nordens und des Südens strömte und durch den die Armeen von Koth, Khoraja, Shem, Turan und Stygia marschiert waren. Hier wurde die schiere Mauer des Bergwalls durchbrochen. Die Vorgebirge liefen in die Wüste hinaus und bildeten karge Täler, die bis auf eines am nördlichen Ende durch schroffe Klippen verschlossen waren. Dieses war der Pass. Er glich einer großen Hand, die sich von den Hügeln ausstreckte; zwei Finger, die sich teilten, bildeten ein fächerförmiges Tal. Die Finger wurden durch einen breiten Grat an jeder

Hand dargestellt, die äußeren Seiten waren scharfkantig, die inneren, steilen Hänge. Das Tal neigte sich nach oben, während es sich verengte, um auf einem Plateau zu enden, flankiert von den zerfurchten Hängen. Dort befanden sich ein Brunnen und eine Gruppe von Steintürmen, die von den Zaheemis besetzt waren.

Dort hielt Conan an und schwang sich vom Pferd. Er hatte den Plattenpanzer zugunsten des vertrauteren Kettenhemdes abgelegt. Thespides hielt sich zurück und fragte: "Warum hältst du an?"

"Wir werden sie hier erwarten", antwortete Conan.

"Es wäre ritterlicher, ihnen entgegenzureiten", rastete der Graf aus.

"Sie würden uns mit ihrer Anzahl ersticken", antwortete der Kimmerier. "Außerdem gibt es da draußen kein Wasser. Wir werden auf der Hochebene lagern ..."

"Meine Ritter und ich lagern im Tal", erwiderte Thespides wütend. "Wir sind die Vorhut, und wir haben zumindest keine Angst vor einem zerlumpten Wüstenschwarm."

Conan zuckte die Achseln, und der wütende Edelmann ritt davon. Amalric hielt in seinem brüllenden Befehl inne, um die glitzernde

Gesellschaft den Hang hinunter ins Tal reiten zu sehen.

"Die Narren! Ihre Feldflaschen werden bald leer sein, und sie müssen zurück zum Brunnen reiten, um ihre Pferde zu tränken."

"Lasst sie in Ruhe", antwortete Conan. "Es fällt ihnen schwer, Befehle von mir anzunehmen. Sagen Sie den Hundebrüdern, sie sollen ihr Geschirr lockern und sich ausruhen. Wir sind hart und schnell marschiert. Tränken Sie die Pferde und lassen Sie die Männer essen."

Es war nicht nötig, Späher zu schicken. Die Wüste lag für den Blick offen, obwohl gerade jetzt diese Sicht durch tief liegende Wolken begrenzt war, die in weißlichen Massen am Südhorizont ruhten. Die Eintönigkeit wurde nur durch ein herausragendes Gewirr von Steinruinen durchbrochen, die einige Meilen entfernt in der Wüste auftauchten und angeblich die Überreste eines alten stygischen Tempels waren. Conan ließ die Bogenschützen absitzen und reihte sie mit den wilden Stammesangehörigen entlang der Bergkämme auf. Er positionierte die Söldner und die Khoraji-Speerträger auf der Hochebene um den Brunnen herum. Weiter hinten, in dem Winkel, in dem die Bergstraße auf das Plateau mündete, wurde Yasmelas Zelt aufgestellt.

Da kein Feind in Sicht war, entspannten sich die Krieger. Hauben wurden ausgezogen, Kappen auf die Schultern geworfen und Gürtel abgelegt. Grobe Scherze flogen hin und her, während die Kämpfer Rindfleisch nagten und ihre Mäuler tief in Bierkrüge steckten. Entlang der Hänge machten es sich die Bergmenschen gemütlich, knabberten an Datteln und Oliven. Amalric ging zu der Stelle, an der Conan barhäuptig auf einem Felsblock saß.

"Conan, hast du gehört, was die Stammesangehörigen über Natohk sagen? Sie sagen: "Mitra, es ist zu verrückt, um es zu wiederholen. Was denkst du?"

"Die Samen ruhen jahrhundertelang in der Erde, ohne manchmal zu verfaulen", antwortete Conan. "Aber Natohk ist doch ein Mensch."

"Ich bin mir nicht sicher", brummte Amalric. "Jedenfalls haben Sie Ihre Linien so gut arrangiert, wie es ein erfahrener General gemacht hätte. Es ist sicher, dass Natohks Teufel nicht unversehens über uns herfallen können. Mitra, was für ein Nebel!"

"Zuerst dachte ich, es wären Wolken", antwortete Conan. "Sieh mal, wie er rollt!"

Was wie Wolken ausgesehen hatte, war ein dicker Nebel, der sich wie ein großer instabiler Ozean nach Norden bewegte und die Wüste schnell verdeckte. Bald verschlang er die stygischen Ruinen, und trotzdem rollte er weiter. Die Armee schaute staunend zu. Es war eine noch nie dagewesene Sache - unnatürlich und unerklärlich.

"Es ist sinnlos, Späher auszusenden", sagte Amalric angewidert. "Sie konnten nichts sehen. Seine Ränder befinden sich in der Nähe der äußeren Flanken der Bergkämme. Bald werden der ganze Pass und diese Hügel verschleiert sein..."

Conan, der den rollenden Nebel mit wachsender Nervosität beobachtet hatte, beugte sich plötzlich und legte sein Ohr auf die Erde. Er sprang in hektischer Eile auf und fluchte.

"Pferde und Streitwagen, Tausende von ihnen! Der Boden vibriert auf ihren Tritten! He, da!" Seine Stimme donnerte über das Tal, um die faulen Männer zu elektrisieren. "Sturmhauben und Spieße, ihr Hunde! Steht auf, ihr Hunde!"

Als die Krieger in ihre Linien stürzten, hastig Kopfbedeckungen auflegten und die Arme durch Schildgurte steckten, rollte der Nebel als etwas nicht mehr Nützliches weg. Er hob sich nicht langsam auf und verblasste wie ein natürlicher Nebel; er verschwand einfach, wie eine ausgeblasene Flamme. In einem Moment war die ganze Wüste hinter den rollenden,

flauschigen Wogen verborgen, bergig aufge-
türmt, Schicht um Schicht; im nächsten Moment schien die Sonne von einem wolkenlo-
sen Himmel auf eine nackte Wüste - nicht
mehr leer, sondern voll von lebendigem
Kriegsschauspiel. Ein großer Schrei erschütterte die Hügel.

Auf den ersten Blick schienen die staunen-
den Beobachter auf ein glitzerndes, funkeln-
des Meer aus Bronze und Gold herabzuschau-
en, in dem Stahlspitzen wie eine Unzahl von
Sternen funkelten. Mit dem Auflösen des Nebels waren die Eindringlinge wie versteinert
stehen geblieben, in langen seriellen Linien,
die in der Sonne flammten.

Zuerst gab es eine lange Reihe von Streitwagen, die von den großen, wilden Pferden
der Stygia gezogen wurden, mit Federn auf
dem Kopf, die schnaubten und sich aufbäum-
ten, während jeder der nackten Fahrer sich
zurücklehnte, seine kräftigen Beine beugte
und seine dunklen, mit Muskeln bewehrten
Arme anspannte. Die Kämpfer in den Streitwagen waren große Gestalten, deren falkenar-
tige Gesichter von Bronzehelmen mit einem
Halbmond, der eine goldene Kugel trug, abge-
setzt waren. Sie hielten schwere Bogen in
ihren Händen. Es waren keine gewöhnlichen
Bogenschützen, sondern Adlige des Südens,
die für den Krieg und die Jagd erzogen wur-

den und gewohnt waren, Löwen mit ihren Pfeilen zu erlegen.

Dahinter verbarg sich ein buntes Aufgebot wilder Männer auf halbwilden Pferden - die Krieger von Kusch, dem ersten der großen schwarzen Königreiche des Graslandes südlich der Stygia. Sie waren schwarz glänzend, geschmeidig und gelenkig, ritten splitternackt und ohne Sattel oder Zaumzeug.

Danach wälzte sich eine Horde, die die ganze Wüste zu umfassen schien. Tausende und Abertausende der kriegerischen Söhne von Shem: Reihen von Reitern in Kettenhemden und zylindrischen Helmen - die Asshuri von Nippr, Shumir und Eruk und ihre Schwesterstädte; wilde Horden mit weißen Gewändern - die Nomadenklans.

Nun begannen die Reihen zu wühlen und zu wirbeln. Die Streitwagen zogen sich zur Seite, während der Hauptheer unsicher vorwärtskam.

Unten im Tal waren die Ritter aufgestiegen, und nun galoppierte Graf Thespides den Hang hinauf, wo Conan stand. Er ließ sich nicht zum Absteigen hinreißen, sondern sprach abrupt aus dem Sattel.

"Das Heben des Nebels hat sie verwirrt! Jetzt ist die Zeit zum Angriff gekommen! Die Kuschiten haben keine Bögen, und sie maskieren den ganzen Vormarsch. Ein Angriff meiner Ritter wird sie wieder in die Reihen der Schemiten zurückdrängen und ihre Formation stören. Folgt mir! Wir werden diese Schlacht mit einem Schlag gewinnen!"

Conan schüttelte den Kopf. "Würden wir gegen einen natürlichen Feind kämpfen, würde ich zustimmen. Aber diese Verwirrung ist mehr vorgetäuscht als echt, als ob sie uns in einen Angriff hineinziehen wollten. Ich fürchte eine Falle."

"Dann weigern Sie sich, sich zu bewegen?", rief Thespides, sein Gesicht war dunkel vor Leidenschaft.

"Seien Sie vernünftig", protestierte Conan. "Wir haben den Vorteil der Position ..."

Mit einem wütenden Schwur drehte sich Thespides und galoppierte zurück ins Tal, wo seine Ritter ungeduldig warteten.

Amalric schüttelte den Kopf. "Sie hätten ihn nicht zurückkehren lassen dürfen, Conan. Ich ... sehen Sie dort!"

Conan erhob sich mit einem Fluch. Neben seinen Leuten hatte sich Thespides eingefunden. Sie konnten seine leidenschaftliche Stimme schwach hören, aber seine Geste gegenüber der herannahenden Horde war bedeutsam genug. In einem weiteren Augenblick tauchten fünfhundert Lanzen auf, und die stahlverkleidete Kompanie donnerte das Tal hinunter.

Ein junger Page kam aus Yasmelas Pavillon gelaufen und weinte mit schriller, eifriger Stimme zu Conan. "Mein Herr, die Prinzessin fragt, warum Sie Graf Thespides nicht folgen und unterstützen?

"Weil ich nicht so ein großer Narr bin wie er", knurrte Conan und setzte sich auf den Felsen und begann, an einem riesigen Rinderknochen zu nagen.

"Man wird nüchtern mit der Autorität", zitierte Amalric. "Solch ein Wahnsinn war immer Ihre besondere Freude."

"Ja, als ich nur mein eigenes Leben zu berücksichtigen hatte", antwortete Conan. "Was zum Teufel ..."

Die Horde hatte angehalten. Aus dem äußersten Flügel drängte ein Streitwagen, der nackte Wagenlenker peitschte wie ein Wahnsinniger die Pferde aus; der andere Insasse war eine große Gestalt, dessen Gewand spektakulär im Wind schwebte. Er hielt ein großes Gefäß aus Gold in den Armen und goss daraus einen dünnen Strahl aus, der im Sonnenlicht glitzerte. Über die ganze Front der Wüstenhorde fegte der Wagen, und hinter seinen donnernden Rädern blieb, wie die Totenwache hinter einem Schiff, eine lange dünne, pulverförmige Linie zurück, die im Sand glitzerte wie die phosphoreszierende Spur einer Schlange.

"Das ist Natohk!", fluchte Amalric. "Was für eine höllische Saat sät er da aus?"

Die angreifenden Ritter hatten ihr kopfloses Tempo nicht kontrolliert. Weitere fünfzig Schritte und sie würden in die ungleichmäßigen kuschitischen Reihen stürzen, die bewegungslos dastanden, die Speere erhoben. Nun hatten die führenden Ritter die dünne Linie erreicht, die über den Sand glitzerte. Sie beachteten diese kriechende Bedrohung nicht. Aber als die stahlbeschlagenen Hufe der Pferde darauf einschlugen, war es, als ob Stahl zuschlagen würde - nur mit schrecklicherem Ergebnis. Eine furchtbare Explosion erschütterte die Wüste, die entlang der Streulinie mit einem schrecklichen Ausbruch weißer Flammen auseinander zu brechen schien.

In diesem Augenblick sah man die gesamte vorderste Linie der Ritter in diese Flamme gehüllt, Pferde und stahlverkleidete Reiter, die in dem grellen Licht wie Insekten in einer offenen Flamme verdorrten. Im nächsten Augenblick türmten sich die hinteren Reihen auf ihren verkohlten Körpern. Da sie ihre Geschwindigkeit nicht mehr kontrollieren konnten, stürzte Reihe um Reihe in die Überreste. Mit erschreckender Plötzlichkeit hatte sich der

Angriff in ein Blutbad verwandelt, bei dem gepanzerte Gestalten inmitten schreiender, zerfleischter Pferde starben.

Nun verschwand die Illusion eines Durcheinanders, als sich die Horde in geordnete Reihen aufstellte. Die wilden Kuschiten stürzten sich in das Trümmerfeld, spießten die Verwundeten auf und sprengten die Helme der Ritter mit Steinen und Eisenhämmern. Es war alles so schnell vorbei, dass die Zuschauer an den Berghängen benommen waren; und wieder rückte die Horde vor und spaltete sich, um der Verbrennung ihrer Leichen zu entgehen. Von den Hügeln stieg ein Schrei auf: "Wir kämpfen nicht gegen Menschen, sondern gegen Teufel!"

Auf beiden Bergkämmen schwankten die Bergmenschen. Einer eilte auf die Hochebene zu, Schaum tropfte von seinem Bart.

"Flieht, flieht!", sabberte er. "Wer kann Natohks Magie bekämpfen?"

Mit einem Knurren sprang Conan von seinem Felsblock herunter und schlug ihn mit dem Rindsknochen; er fiel, Blut floss aus Nase und Mund. Conan zog sein Schwert, die Augen geschlitzt mit blauem Feuer.

"Zurück auf eure Posten!", schrie er. "Noch einen Schritt nach hinten, und ich schneide ihm den Kopf ab! Kämpft, verdammt noch mal!"

Die Flucht kam so schnell zum Stillstand, wie sie begonnen hatte. Conans grimmige Persönlichkeit war wie ein Spritzer Eiswasser in ihrem wirbelnden Schreckensanfall.

"Nehmt eure Plätze ein", sagte er schnell. "Und steht dazu! Weder Mensch noch Teufel kommen an diesem Tag den Shamla-Pass hinauf!"

Dort, wo der Plateau-Rand zum Talhang hin abfiel, schnallten die Söldner ihre Gürtel fest und griffen ihre Speere. Hinter ihnen saßen die Lanzenreiter mit ihren Rossen, und auf der einen Seite waren die Khoraja-Speerträger als Reserven stationiert. Für Yasmela, die weiß und sprachlos vor der Tür ihres Zeltes stand, schien die Heerschar im Vergleich zu der drängenden Wüstenhorde eine bedauernswerte Handvoll zu sein.

Conan stand zwischen den Speerkämpfern. Er wusste, dass die Eindringlinge nicht versuchen würden, einen Streitwagen mit den Pfeilen der Bogenschützen den Pass hinaufzufahren, aber er stöhnte vor Überraschung, als er sah, wie die Reiter absassen. Diese wilden Männer hatten keine Versorgungswagen. Feldflaschen und Beutel hingen an ihren Sattelspitzen. Nun tranken sie das letzte Wasser und warfen die Feldflaschen weg.

"Das ist Selbstmord", murmelte er, als sich die Linien zu Fuß formierten. "Lieber hätte ich einen Kavallerieangriff gehabt; verwundete Pferde flüchten und Formationen zugrunde gerichtet."

Die Horde hatte sich zu einem riesigen Keil geformt, dessen Spitze die Stygier waren und deren Körper, die gepanzerten Asshuri, von den Nomaden flankiert wurde. In enger Formation, die Schilde hoben sich, rollten sie vorwärts, während hinter ihnen eine große Gestalt in einem stillstehenden Wagen in gruseliger Beschwörung die weit ausladenden Arme hob.

Als die Horde in die breite Talmündung eindrang, lösten die Gebirgsleute ihre Pfeile. Trotz der Schutzformation fielen die Soldaten zu Dutzenden nieder. Die Stygier hatten ihre Bögen abgelegt; behelmte Köpfe beugten sich zur Salve, dunkle Augen glitzerten über die Ränder ihrer Schilde, sie stürmten in einem unaufhaltsamen Schwall über ihre gefallenen Kameraden hinweg. Doch die Schemiten gaben das Feuer zurück, und die Pfeilwolken verdunkelten den Himmel. Conan blickte über die wogenden Wellen der Speere und fragte sich, welchen neuen Schrecken der Zauberer beschwören würde. Irgendwie hatte er das Gefühl, dass Natohk, wie alle seine Artgenossen, in der Verteidigung schrecklicher war als im Angriff; die Offensive gegen ihn zu ergreifen, forderte eine Katastrophe heraus.

Aber sicher war es Magie, die diese Horde in den Tod trieb. Conan verschnaufte einen Moment lang angesichts der Verwüstung, die in den Reihen der Angreifer entstanden war. Die Ränder des Keils schienen zu zerschmelzen, und schon war das Tal mit toten Soldaten übersät. Doch die Überlebenden machten weiter wie Verrückte, die sich des Todes nicht bewusst waren. Allein durch die Anzahl ihrer Bögen begannen sie, die Bogenschützen an den Felsen zu überschwemmen. Wolken von Pfeilen stiegen auf und trieben die Gebirgsmänner in Deckung. Bei diesem unerschütterlichen Vormarsch ergriff sie die Panik und sie spannten ihre Bogen wie verrückt, mit Augen, die wie gefangene Wölfe glühten.

Als sich die Horde dem engeren Hals des Passes näherte, donnerten Felsbrocken auf sie herab und zerdrückten die Männer nach und nach, aber der Angriff schwankte nicht. Conans Wölfe machten sich auf die unausweichliche Kollision gefasst. In ihrer engen Formation und ihrer überlegenen Rüstung wurden sie von den Pfeilen nur geringfügig verletzt. Es war die Wirkung des Angriffs, die

Conan gefürchtet hatte, wenn der riesige Keil gegen seine dünnen Reihen prallen würde. Und er erkannte nun, dass dieser Angriff nicht mehr zu brechen war. Er ergriff die Schulter eines Zaheemi, der in der Nähe stand.

"Gibt es eine Möglichkeit, wie die Reiter in das versteckte Tal jenseits des westlichen Bergkamms hinabsteigen können?"

"Ja, ein steiler, gefährlicher Weg, geheim und ewig bewacht. Aber ..."

Conan schleppte ihn dorthin, wo Amalric auf seinem großen Kriegspferd saß.

"Amalric!", rief er aus und schnappte nach Luft. "Folge diesem Mann! Er wird dich in das äußere Tal von Yon führen. Reite hinunter, umrunde das Ende des Bergkamms und schlage die Horde von hinten. Sprich nicht, aber geh! Ich weiß, es ist Wahnsinn, aber wir sind sowieso verloren; wir werden so viel Schaden anrichten, wie wir können, bevor wir sterben! Eile!"

Amalric's Schnurrbart sträubte sich mit einem wilden Grinsen, und wenige Augenblicke später folgten seine Lanzenreiter dem Führer in ein Gewirr von Schluchten, die von der Hochebene wegführten. Conan rannte zurück zu den Pikenieren, das Schwert in der Hand.

Er kam nicht zu früh. Auf beiden Bergrücken regneten Shupras' Bergleute, verrückt vor Erwartung der Niederlage, verzweifelt ihre Pfeile hinunter. Die Männer starben wie die Fliegen im Tal und an den Hängen - und mit einem Gebrüll und einem unwiderstehlichen Aufwind stürzten die Stygier gegen die Söldner.

In einem Orkan aus donnerndem Stahl wirbelten die Linien durcheinander und wankten. Es war ein kriegerischer Wettstreit der Edlen gegen die Berufssoldaten.

Schilde stießen gegen Schilde, und zwischen ihnen fuhren Speere ein, und es spritzte Blut.

Conan sah die mächtige Gestalt des Prinzen Kutamun über das Meer von Schwertern hinweg, aber die Bedrängnis hielt ihn fest, Brust an Brust mit dunklen Gestalten, die keuchten und schlugen. Hinter den Stygiern drängten und brüllten die Asshuri.

Auf beiden Seiten kletterten die Nomaden die Klippen hinauf und griffen ihre Verwandten in den Felsen an. Entlang der Kämme der Bergrücken tobten die Kämpfe in blinder, keuchender Heftigkeit. Mit Zahn und Nagel, schäumend, verrückt vor Fanatismus und alten Fehden, zerfleischten und töteten die Stammesangehörigen und starben. Wilde

Haare flogen, die nackten Kuschiten rannten heulend in die Auseinandersetzung.

Es schien Conan, dass seine schweißgeblendeten Augen in einen aufsteigenden Ozean aus Stahl hinunterblickten, der brodelte und sich verwirbelte und das Tal von Kamm zu Kamm füllte. Der Kampf war in einer blutigen Pattsituation. Die Gebirgsleute hielten die Bergkämme, und die Söldner hielten den Pass fest, indem sie mit den Füßen in der blutigen Erde nach ihren sich senkenden Piken griffen und sich in der blutigen Erde abstützten. Die überlegene Position und die Rüstung glichen eine Zeit lang den Vorteil der überwältigenden Anzahl aus. Aber das konnte nicht Bestand haben. Welle um Welle gleißender Gesichtern und blitzender Speere stürmten den Hang hinauf, die Asshuri füllten die Lücken in den Reihen der Stygier.

Conan sah Amalics Lanzenreiter, die den westlichen Bergrücken umrundeten, aber sie kamen nicht, und die Pikeniere begannen unter den Schlägen zurückzuweichen. Und Conan gab jede Hoffnung auf Sieg und Leben auf. Er rief seinen keuchenden Hauptmännern ein Kommando zu und rannte über die Hochebene zu den Khoraja-Reserven, die vor Eifer zitternd bereitstanden. Er schaute nicht in Richtung des Pavillons von Yasmela. Er hatte die Prinzessin vergessen; sein einziger

Gedanke war der Instinkt der wilden Bestie, vor ihrem Tod zu töten.

"Heute werdet ihr zu Rittern", lachte er heftig und deutete mit seinem tropfenden Schwert auf die Pferde der Bergbewohner, die sich in der Nähe aufhielten. "Steigt auf und folgt mir in die Hölle!"

Die Bergpferde bäumten sich unter dem ungewohnten Zusammentreffen mit der gotischen Rüstung wild auf, und Conans böiges Lachen erhob sich über den Lärm, als er sie dorthin führte, wo sich der Ostkamm vom Plateau abzweigte. Fünfhundert Fußsoldaten - arme Patrizier, jüngere Söhne, schwarze Schafe auf halbwilden Schemitenpferden, die eine Armee angriffen, den Hang hinunter, wo noch nie zuvor eine Kavallerie einen Angriff gewagt hatte!

Vorbei an der von der Schlacht erdrückten Einmündung des Passes donnerten sie auf den mit Leichen übersäten Bergrücken raus. Den steilen Hang hinunter stürzten sie, und eine Partie verlor den Halt und rollte unter die Hufe ihrer Kameraden. Unter ihnen schrien die Männer und warfen ihre Arme hoch - und die tosende Attacke zerriß sie, als eine Lawine durch einen Wald von Schösslingen raste. Die Khorajis rasten durch das dicht gedrängte Gewühl und hinterließen einen zerdrückten Teppich von Toten.

Und dann, als sich die Horde krümmte und in sich zusammenrollte, fegten Amalric's Lanzenreiter, nachdem sie durch einen Kordon von Reitern, die im äußeren Tal angetroffen worden waren, hindurchgefegt waren, um das Ende des westlichen Bergkamms und schlugen das Heer mit einem stählernen Keil, der es in Stücke spaltete. Sein Angriff beinhaltete die ganze betäubende Demoralisierung einer Überraschung im Rücken. Sie dachten, dass sie von einer überlegenen Macht umgeben seien, und waren wahnsinnig vor Angst, von der Wüste abgeschnitten zu werden. Schwärme von Nomaden brachen aus und drängten zurück und richteten in den Reihen ihrer standhafteren Kameraden Verwüstungen an. Diese taumelten und die Reiter ritten durch sie hindurch. Oben auf den Bergkämmen schwankten die Wüstenkämpfer, und die Bergmänner fielen mit erneuter Wut auf sie ein und trieben sie die Hänge hinunter.

Fassungslos vor Überraschung zerbrach die Horde, bevor sie Zeit hatte, zu sehen, dass es nur eine Handvoll war, die sie angriff. Und einmal gebrochen, konnte nicht einmal ein Magier eine solche Horde wieder zusammenschweißen. Über dem Meer aus Köpfen und Speeren beobachteten Conans Verrückte, wie

sich Amalric's Reiter stetig den Weg zum Aufstieg bzw. Abstieg mit Äxten und Streitkolben
bahnte, und eine wahnsinnige Siegesfreude
erfüllte das Herz eines jeden Mannes und
machte seinen Arm zu Stahl.

Die Pikeniere im Eingang des Passes, die
ihre Füße in dem schwelgenden Meer von Blut
abstützten, dessen purpurrote Wellen sich um
ihre Knöchel schlängelten, drängten vorwärts
und drückten sich stark gegen die vor ihnen
liegenden Reihen. Die Stygier hielten fest,
aber hinter ihnen löste sich die Druckkraft
der Asshuri auf; und über die Leichen der
Edelleute des Südens, die auf ihren Fersen
starben, wälzten sich die Söldner, um die
schwankende Masse dahinter zu spalten und
zu zerstückeln.

Oben auf den Klippen lag der alte Shupras
mit einem Pfeil im Herz; Amalric lag unten
und fluchte wie ein Pirat, mit einem Speer
durch seinen aufgespießten Oberschenkel.
Von Conans berittener Infanterie blieben nur
noch knapp hundertfünfzig im Sattel. Aber die
Horde war zerschlagen. Nomaden und ent-
sandte Speerträger lösten sich los und flohen
in ihr Lager, wo ihre Pferde standen, und die
Bergbewohner schwärmten die Hänge hinunter, stachen den Flüchtlingen in den Rücken
und schnitten den Verwundeten die Kehle
durch.

In dem wirbelnden roten Chaos erschien plötzlich eine schreckliche Erscheinung vor Conans aufbäumendem Ross. Es war Prinz Kutamun, nackt, aber im Lendenschurz, sein Harnisch zerhackt, sein Helm verbeult, seine Glieder mit Blut bespritzt. Mit einem schrecklichen Schrei schleuderte er Conan sein kaputtes Schwertgriffstück voll ins Gesicht und ergriff hüpfend das Zaumzeug des Hengstes. Der Kimmerier taumelte halb betäubt in seinem Sattel, und mit schrecklicher Kraft zwang der dunkle Riese das schreiende Ross nach oben und hinten, bis es den Halt verlor und in dem Morast aus blutigem Sand und sich windenden Körpern zusammenbrach.

Conan sprang auf, als das Pferd fiel, und mit einem Brüllen war Kutamun auf ihm. In diesem wahnsinnigen Alptraum der Schlacht wusste der Barbar nie genau, wie er seinen Mann getötet hatte. Er wusste nur, dass ein Stein in der Hand des Stygiers immer wieder auf seinen Helm krachte und sein Augenlicht mit blinkenden Funken erfüllte, als Conan seinen Dolch immer wieder in den Körper seines Feindes trieb, ohne dass dies die schreckliche Vitalität des Fürsten offensichtlich beeinträchtigte. Die Welt schwamm vor Conans Augen, als sich mit einem krampfhaften Schaudern der Knochenrahmen, der sich gegen ihn spannte, versteifte und dann schlaff wurde.

Als er sich aufrichtete und unter seinem verbeulten Helm Blut über sein Gesicht floss, starrte Conan schwindelnd auf die Fülle der Zerstörung, die sich vor ihm ausbreitete. Von Bergkamm zu Bergkamm lagen die Toten verstreut, ein roter Teppich, der das ganze Tal bedeckte. Es war wie ein rotes Meer, mit jeder Welle eine wogende Reihe von Leichen. Sie erstickten den Passhals, sie verstopften die Hänge. Und unten in der Wüste ging das Gemetzel weiter, wo die Überlebenden der Horde ihre Pferde erreicht hatten und über die Wüste strömten, verfolgt von den müden Siegern - und Conan stand entsetzt da, als er bemerkte, wie nur noch wenige von ihnen zu verfolgen waren.

Dann zerriss ein schrecklicher Schrei das Getöse. Das Tal hinauf kam ein Wagen geflogen und scherte sich nicht um die gehäuften Leichen. Keine Pferde zogen ihn, sondern eine große schwarze Kreatur, die wie ein Kamel aussah. In dem Wagen stand Natohk, seine Gewänder flogen; und an den Zügeln packte und peitschte wie verrückt ein schwarzes anthropomorphes Wesen, das ein Monsteraffe gewesen sein könnte.

Mit einem Rausch brennenden Windes fegte der Wagen den mit Leichen übersäten Hang hinauf, geradewegs auf den Zeltpavillon zu, wo Yasmela einsam stand, verlassen von ihren Wachen im Rausch der Verfolgung. Conan stand wie erstarrt und hörte ihren wilden Schrei, als Natohks langer Arm sie auf den Wagen beförderte. Dann drehte sich das grässliche Ross und raste wieder das Tal hinunter, und niemand wagte es, Pfeil und Speer zu schleudern, um Yasmela nicht zu treffen, die sich in Natohks Armen wand.

Mit einem unmenschlichen Schrei erwischte Conan sein gefallenes Schwert und sprang dem rasenden Grauen in den Weg. Aber noch bevor er sein Schwert hochheben konnte, schlugen ihn die Vorderfüße des schwarzen Tieres wie ein Donnerschlag und schickten ihn benommen und zerschrammt einen Meter weit weg durch die Luft. Yasmelas Schrei drang gespenstisch in seine betäubten Ohren, als der Wagen vorbeifuhr.

Ein Schrei, der nichts Menschliches an sich hatte, ertönte von seinen Lippen, als Conan von der blutigen Erde zurückfederte und die Zügel eines reiterlosen Pferdes ergriff, das an ihm vorbeiraste und sich in den Sattel schwang, ohne das Schlachtross zum Stillstand zu bringen. Mit wahnsinniger Hemmungslosigkeit raste er hinter dem schnell zurückweichenden Wagen her. Er flog über die Ebenen und ging wie ein Wirbelsturm durch das Lager der Schemiten. Er flog durch die Wüste, vorbei an den Gruppen seiner eigenen Reiter und an hartnäckig vorwärts strebenden Wüstenreitern.

Der Wagen fuhr weiter, und Conan raste weiter, obwohl sein Pferd unter ihm zu taumeln begann. Nun lag die offene Wüste um sie herum, gebadet in der schrecklichen, trostlosen Pracht eines Sonnenuntergangs. Vor ihm erhob sich die alte Ruine, und mit einem Schrei, der das Blut in Conans Adern gefrieren ließ, warf der unmenschliche Wagenlenker Natohk und das Mädchen von sich. Sie wälzten sich im Sand, und unter Conans benommenem Blick veränderten sich der Wagen und sein Ross. Große Flügel breiteten sich von einem schwarzen Monster aus, das in keiner Weise mehr einem Kamel ähnelte, und es stürzte in den Himmel und in seinem Gefolge entstand eine blendende Flammenspur, in der eine schwarze, menschenähnliche Gestalt in grässlichem Triumph verharrte. Es ging so schnell vorüber, dass es sich wie der Rausch eines Alpdruckes anfühlte, der sich in einem schrecklichen Traum abspielte.

Natohk sprang auf, warf einen schnellen Blick auf seinen grimmigen Verfolger, der nicht stehen geblieben war, sondern hart her-

84

angeritten kam, mit tief schwingendem Schwert und spritzenden roten Tropfen; und der Zauberer schnappte das ohnmächtige Mädchen und rannte mit ihr in die Ruinen.

Conan sprang von seinem Pferd und stürzte ihnen hinterher. Er kam in einen Raum, der in unheiligem Glanz erstrahlte, obwohl draußen die Dämmerung schnell hereinbrach. Auf einem schwarzen Jade-Altar lag Yasmela, ihr nackter Körper schimmerte wie Elfenbein in seltsamem Licht. Ihre Kleider lagen wie in brutaler Eile von ihr gerissen auf dem Boden verstreut. Natohk stand dem Kimmerier gegenüber - unmenschlich groß und schlank, gekleidet in grün schimmernde Seide. Er warf seinen Schleier zurück, und Conan blickte in die Gesichtszüge, die er auf der Zugitermünze gesehen hatte.

"Ja, du Hund!" Die Stimme war wie das Zischen einer Riesenschlange. "Ich bin Thugra Khotan! Lange lag ich in meinem Grab und wartete auf den Tag des Erwachens und der Befreiung. Die Künste, die mich vor langer Zeit vor den Barbaren gerettet hatten, hielten mich ebenfalls gefangen, aber ich wusste, dass einer zur rechten Zeit kommen würde, und er kam, um sein Schicksal zu erfüllen und zu sterben, wie seit dreitausend Jahren kein Mensch mehr gestorben ist!"

"Du Narr, glaubst du, du hättest gesiegt, weil mein Volk zerstreut ist? Weil ich von dem Dämon, den ich versklavt habe, verraten und verlassen wurde? Ich bin Thugra Khotan, der die Welt trotz deiner armseligen Götter regieren wird! Die Wüste ist voll von meinem Volk; die Dämonen der Erde werden meinen Befehlen folgen, so wie die Reptilien der Erde mir gehorchen. Die Sehnsucht nach einer Frau hat meine Zauberei geschwächt. Jetzt gehört die Frau mir, und wenn ich mich an ihrer Seele labe, werde ich unbesiegbar sein! Zurück, du Narr! Du hast Thugra Khotan nicht bezwungen!"

Er warf seinen Stab, und dieser fiel Conan zu Füßen, der mit einem unwillkürlichen Schrei zurückschreckte. Denn als der Stab fiel, veränderte er sich schrecklich; sein Umriss zerfloss und wand sich, und eine maskierte Kobra erhob sich zischend vor dem entsetzten Kimmerier. Mit einem wütenden Fluch schlug Conan zu, und sein Schwert zerschnitt die schreckliche Gestalt in zwei Hälften. Und zu seinen Füßen lagen nur die beiden Teile eines abgetrennten Ebenholzstabs. Thugra Khotan lachte grausig und fing mit einem Ruck etwas auf, das widerlich im Staub des Bodens krabbelte.

In seiner ausgestreckten Hand krümmte und sabberte etwas Lebendiges. Diesmal gab es keine Tricks der Schatten. In seiner nackten Hand hielt Thugra Khotan einen schwarzen Skorpion von mehr als einem Fuß Länge fest, das tödlichste Wesen der Wüste, dessen Stachelschwanz den sofortigen Tod brachte. Thugra Khotans schädelähnliches Antlitz verzog sich in ein mumienhaftes Grinsen. Conan zögerte; dann warf er ohne Vorwarnung sein Schwert.

Unvorbereitet hatte Thugra Khotan keine Zeit, dem Wurf auszuweichen. Die Spitze schlug unter seinem Herzen ein und ragte einen Fuß hinter seinen Schultern hervor. Er ging zu Boden und zerdrückte das giftige Monster in seinem Griff, als er fiel.

Conan ging zum Altar und hob Yasmela mit seinen blutbefleckten Armen hoch. Sie warf ihre weißen Arme krampfhaft um seinen Nacken, schluchzte hysterisch und ließ ihn nicht mehr los.

"Teufel noch mal, Mädchen!", stöhnte er. "Lass mich los! "Heute sind 50.000 Männer umgekommen, und es gibt Arbeit für mich."

"Nein!" keuchte sie, klammerte sich krampfartig an in ihrer Angst, für den Augenblick so barbarisch wie er selbst und voller Leidenschaft. "Ich werde dich nicht gehen lassen! Ich gehöre dir, durch Feuer, Stahl und Blut! Du bist mein! Dort hinten gehöre ich zu den anderen - hier bin ich die Meinige - und die Deine! Du darfst nicht gehen!"

Er zögerte, sein eigenes Gehirn taumelte unter dem heftigen Aufflammen seiner wilden Leidenschaften. Das schreckliche, unheimliche Leuchten schwebte noch immer in der schattigen Kammer und erhellte geisterhaft das tote Gesicht von Thugra Khotan, das sie freudlos und höhlenartig anzugrinsen schien. Draußen in der Wüste, in den Hügeln zwischen den Ozeanen der Toten, starben Männer, heulten vor Wunden und Durst und Wahnsinn, und die Königreiche schwankten. Dann wurde alles von der purpurroten Flut weggespült, die sich wie verrückt in Conans Seele ausbreitete, als er in seinen eisernen Armen den schlanken weißen Körper, der vor ihm wie ein Hexenfeuer des Wahnsinns schimmerte, heftig an sich drückte.

Ende

Treibhauseffekt und Klimawandel
Energiewende, ja bitte, aber nicht wegen CO2
Klaus-Dieter Sedlacek (Hrsg.)
Paperback
124 Seiten
ISBN-13: 9783750413207
Verlag: Books on Demand
Sprache: Deutsch
Farbe: Ja

Zum Buchshop:

Bände der Buchreihe „Historical Diamond"

Band 1: **Der Attentäter** – Roman von Karl Hans Strobl – € 5,99

Band 2: **Die Seelenverkäufer** – Abenteuerroman von Kurt Faber – €
5,99

Band 3: **Jenseits des Äquators** – Abenteuerroman von Ferdinand
Emmerich – € 5,99

Band 4: **Der Feind aus dem Dunkel** – Kriminalroman von Annie
Hruschka – € 5,99

Band 5: **Der Tag der Vergeltung** –
Kriminalroman von Anna Katharine Green - € 5,99

Band 6: **Die Yacht der sieben Sünden** – Kriminalroman von Paul
Rosenhayn - € 5,99

Band 7: **Das Rätsel von Ravensbrok** – Krimi von der Waterkant von
Hans Hyan - € 4,99

Band 8: **Spreemann und Co** – Historischer Berlin-Roman von Alice
Berend – € 6,99

Band 9: **Die verlorene Welt** – Abenteuerroman von Conan Doyle - €
6,99

Band 10: **Allan Quatermain und der Zauberer im Zululand** –
Abenteuerroman von Henry Rider Haggard – € 5,99

Band 11: **Attila** – König der Hunnen – Epischer Historienroman von
Felix Dahn – € 5,99

Band 12: **Lizzie Holmes und die Kristiana-Affäre** –
Krimi von Sven Elvestad - € 5,99

Band 13: **Der Chinese** –
Ein Wachtmeister Studer – Krimi von Friedrich Glauser - € 5,99

Band 14: **Allan Quatermain und die heilige Blume** –
Abenteuerroman von Henry Rider Haggard – € 6,99

Band 15: **Bomben auf Monte Carlo** – Roman von Fritz Reck-
Mallaczewen – € 4,99

Band 16: **Das Elfenbeinkind** –
Ein Allan Quatermain Abenteuerroman von Henry Rider Haggard –
€ 6,99

Band 17: **Quo Vadis** – Historienepos von Nobelpreisträger Henryk
Sienkiewicz - € 6,99